픽업 아티스트 작업의 실체

픽업아티스트 작업의 실체

발행일	2015년 9월 18일		
지은이	정 명 석		
펴낸이	손 형 국		
펴낸곳	(주)북랩		
편집인	선일영	편집	서대종, 이소현, 권유선
디자인	이현수, 윤미리내, 임혜수	제작	박기성, 황동현, 구성우, 이탄석
마케팅	김회란, 박진관, 이희정, 김아름		
출판등록	2004. 12. 1(제2012-000051호)		
주소	서울시 금천구 가산디지털 1로 168, 우림라이온스밸리 B동 B113, 114호		
홈페이지	www.book.co.kr		
전화번호	(02)2026-5777	팩스	(02)2026-5747

ISBN   979-11-5585-757-1 03810(종이책)   979-11-5585-758-8 05810(전자책)

이 도서의 국립중앙도서관 출판예정도서목록(CIP)은 서지정보유통지원시스템 홈페이지(http://seoji.nl.go.kr)와
국가자료공동목록시스템(http://www.nl.go.kr/kolisnet)에서 이용하실 수 있습니다.
(CIP제어번호 : CIP2015025056)

전 직 픽 업 아 티 스 트 가   밝 히 는

픽업
아티스트
작업의
실체

정명석 지음

북랩 book Lab

지금껏 베일에 가려져왔던 유혹의 비밀과
그 실체가 적나라하게 드러난다

들어가며

누군가를 만나는 건 참 어려운 일인 것 같다. 특히 남녀관계는 더 어렵다. 그런데 어렵기 때문에 더 재미있는 것 아닐까? 가끔은 괴롭고 힘들고 답답해도 그것을 포기할 수가 없다. 내가 볼 때 두 가지 두드러지는 요즘의 현상이 있다. 하나는 빨리빨리, 아님 말고 식의 패스트푸드처럼 사람을 소비하는 형태이며, 나머지 하나는 귀찮고 힘들어서 히키코모리처럼 아예 누군가를 만나지 않고 고립되는 형태이다. 이를 때에 따라서 전자는 쿨한 만남, 후자는 초식남이라고 포장할 수 있을 것 같다.

중고등학교 시절을 생각해 보자. 과외를 받고, 학원을 수강하고, 인터넷강의를 들으면서 문제해결에 대한 힌트나 정답을 얻고자 한다. 생각해 보면 스스로 생각하고, 고민하면서 문제를 풀어본 적이 얼마나 있던가. 그나마 하는 일이라고는 주어진 공식에 대입해 보거나 선생님의 해설을 빌어서 정답을 찍는 것이었다. 말하자면 우리는 매우 자연스럽게도 스스로 문제를 해결하는 능력을 잃어버렸을지도 모른다. 적어도 시험문제는 잘 풀지언정 인생문제는 잘 풀지 못하는 것이다. 이성을 만나는 것도 아마 마찬가지가 아닐까? 좀 더 안전하게 사귀고 싶은 마음에 자꾸만 외부의 도움을 요청하고 정보를 수집하는 것으로 본다. 다치기 싫은 마음은 누구나 비슷하겠지만, 진실한 관계를 형성하는 본인의 노하우는 쌓이기 어려울 것 같다.

솔직히 트라우마 이야기는 지겹다. 누구나 상처는 가지고 있고, 희로애락의 무게는 역시 같다. 내 아픔이 결코 상대보다 크거나 작지 않을 것이다. 그러나 어쨌든 우리는 현재를 살아가고 있고, 잘하면 몇십 년 더 살고, 아니면 죽게 될 것이다. 말하자면, 지난 아픔과 상처에 얽매여 내일을 가로막게 하고 싶지는 않다. 나도 딱히 평탄한 인생을 산 것 같지는 않다. 가장 기억에 남는 순간을 꼽으라면, 2008년 대학생활 중, 그것도 ROCT 2년 차에 심장병이 걸렸다. 병의 원인은 아무도 몰랐고 가족력도 없었다. 협심증이라고 하는데, 그 전까지 내 몸은 매우 건강했다. 왜 걸렸는지, 왜 하필 나인지 모르는 상황에서 죽고 싶다는 생각은 그저 하루 세끼 밥 먹는 것처럼 일상이었다. 내가 꿈꾸던 계획들, 미래가 아무것도 아닌 게 되어버린 기분이었다. 중환자 실에서 눈을 껌뻑껌뻑 하고 천정에서 비추는 전등을 보면서 그래 이대로 죽어버릴까 생각하기도 했다.

심장을 이식해야 한다는 말을 들었고, 상태가 워낙 심각해서 이식 0순위였다. 그러던 중 담당의사선생님의 결정으로 외과수술 대신 약물치료를 했었고, 퉁퉁 불어있었던 심장은 조금씩 회복되기 시작했다. 그 와중에 살고 싶었다. 오히려 죽고 싶다는 말의 외침은 살고 싶다는 말의 변명처럼 들렸다. 생각해 보면 가장 살고 싶을 때는 여자를 만날 때였다. 어렸을 적부터 연애에 자주 실패했었고, 그런 마음의 반대급부처럼 나를 여자로 채워 넣고 싶은 적이 많았다. 이게 20대 중반까지 이어졌었다. 그랬기 때문에 내 연애의 실패를 채워 줄 작업의 기술들에 탐닉했고, 연애와 관련된 각종커뮤니티에 가입하면서 글을 탐독하기 시작했다. 내가 픽업이라는 단어를 처음 접한 것은 2006년도 즈음이었다. 그 당시 국내에 처음 생긴 픽업커뮤니티와 사이트에 가입을 하면서 주욱 글들을 관찰하기 시작했고 뭐 새로운 것은 없나 하고 찾아보았다. 눈팅족에 머무르다 병을 얻어 대학을 휴학하고 고향에 내려와 있을 무렵, 나는 상경하여 정식으로 픽업아티스트 활동을 하기 시작했다.

여기서 쓰는 글들은 모두 내가 겪은 일들이며 그때 가졌던 생각의 결과이다. 픽업아티스트 활동을 시작한 이후부터 그만두고 현재에 이르기까지의 일들을 최대한 솔직하고 담백하게 풀어보려고 한다. 누구를 가르치려는 의도나 혹은 작업은 이렇게 하는 것이라고 알려 주는 것이 아니라, 내 경험담을 공유하고 싶고, 이 글을 통해 실제 본인들의 삶에서 적용할 수 있는 부분을 찾았으면 좋겠다. 글 내용 중 다소 속어가 나올 수도 있고, 거친 표현이 나올 수 있으나 최대한 현장감을 살리려는 의도였다는 것을 이해해줬으면 한다. 또한 본서에 나오는 내용들은 모두 내 개인적인 경험에 의한 이야기들이 대부분이기 때문에, 주관적인 생각이 섞여 있다. 따라서 저명한 인사의 말이나 근거를 댈 필요가 없다고 생각했다. 내 주관과 생각의 과정에서 나오는 이야기를 풀어내는 것에 집중하고 있으므로, 독자들도 자신의 관점에서 걸러 들어도 좋다.

끝으로 이 책을 쓰기까지 내 경험의 조각조각들을 담당해준 사람들에게 감사함을 표한다. 그들이때로는 좋은 기억으로 날 웃게 하고, 때로는 나쁜 기억으로 날 괴롭게 했지만, 그마저도 내 인생의 드라마 속 하나의 에피소드라고 생각한다.

우리의 남은 미래를 기대해 보며……

픽업아티스트의 작업 기술

호스트가 되다

작업의 실체

나는 왜
픽업아티스트가
되었나

픽업아티스트란

픽업(Pick up)이란 특정 장소나 상황에서 이성을 유혹하는 행위를 말하고, 픽업아티스트는 이런 행위를 전문적으로 하는 사람들을 말한다. 표면상으로는 남성의 라이프스타일을 영위하는 방법에 관한 것들을 모토로 하지만, 핵심 컨텐츠는 역시 이성의 유혹에 있다. 말하자면 픽업 단체나 학원 등은 이성을 유혹하는 것에 최적화하도록 고객들을 디자인하는, 말하자면 일종의 이미지 메이킹 업체라고 할수 있다. 그러나 최근에는 부정적인 인식으로 여론의 뭇매를 맞은 덕에 대놓고 픽업아티스트라고 내세우기보다는 연애 컨설턴트로 전향하는 사례가 많은 것으로 보인다.

사실 이성을 유혹하는 사람들은 예나 지금이나 많았다. 그러나 해외에서 그것을 제법 그럴싸하게 만들어놓은 이론이 등장하면서 그것을 전문적인 직업으로 삼는 사람들이 많아졌으며, 이윽고

2005년 즈음 한국에도 픽업이라는 개념이 유행하기 시작했다. 그러나 아무래도 국민정서상 여자를 유혹하는 직업이 있다는 것을 당연하게 받아들이기는 어려웠고, 커뮤니티 등에 올라오는 글들을 봐도 여성과의 잠자리를 인증하거나 거기까지 향하는 과정을 담는 글들이 대부분이었기 때문에 여론의 질타를 받는 것은 시간 문제였다. 그러나 픽업아티스트라는 타이틀은 음지에서 암암리에 여자를 꼬시는 활동을 하는 사람들에게는 어떤 전문성을 부여하는 좋은 명분이 되기도 했다. 말하자면 본인의 욕구해소와 그것을 선망하는 사람들 사이에 하나의 시장이 형성됨에 따라 돈벌이로 이어지는 일석이조의 상황이었다.

매뉴얼이 주는 장점의 하나는 불안함을 줄여 주는 데 있다고 본다. 그런 의미에서 픽업은 이성에게 접근하는 일에 대한 불안을 해소하고자 하는 하나의 매뉴얼과 같다. 말하자면 픽업 단체에서는 이성을 유혹하는 방법에 대한 몇 가지 지침을 만들어서, 실행하는 사람들의 불안감을 줄여 준다. 주어진 단계별로 필요한 사항을 정해 주고, 그것을 따라 하기만 해도 어느 정도 이성을 만날 수 있는, 일종의 성과를 보장하기 때문에 부정적인 인식에도 불구하고 활동하는 사람들이 많은 것이다.

실제로 어떤 부분은 효과가 있으며 거기에서 나오는 내용 중 일부는 실제 생활에 응용해도 쓸 만해 보이는 것들이 있다. 그러나 주입식 교육이 주는 폐해를 우리도 익히 알고 있듯이 픽업 역시 마찬가지다. 본인이 연애에 대한 주관을 형성하기 전에 상처 입은 마음이나 욕구불만을 가지고 업체를 찾아가기 때문에 바람직한 효과를 찾기가 힘들다. 마치 어린 아이에게 총을 주는 것과 같다고 볼 수 있다. 또한 담고 있는 내용이 인간의 가장 원초적인 본능이라고 할 수 있는 성욕을 자극하기 때문에 그 안에서 끝없이 섹스를 갈구하고 탐닉하거나 동시에 그런 불안정하고 위태로운 삶을 당연하다고 여길 수 있다.

시작의 계기

처음부터 픽업아티스트로 활동하지는 않았다. 이상하게 연애에 자꾸만 실패를 하고, 내가 좋아하는 여자가 나를 거절하는 상황들을 겪으면서 다른 무언가가 필요하다고 생각했다. 당시의 내 경우 연애기술이 부족하다고 생각했고, 인터넷에서 발견한 몇 가지 방법들을 직접 실행에 옮겨보기로 했다. 처음에 시작한 것이 혼자서 길거리에 다니는 여자들에게 말을 거는 것이었다. 그때가 스무 살 무렵이었다. 그때는 무작정 시작하고 보자는 마음이 앞섰다. 어떻게 하라고 내게 구체적으로 알려 주는 사람도 없었고 같이 어울려 다니는 사람들도 없었다.

연습에 가장 많이 사용했던 방법은 길을 물어보는 것이었다. 멀쩡하게 알고 있는 길이라도 물어보면서 말 한 번 붙여보고 건수 하나 만들어볼 심산이었다.

예를 들면, "여기 근처에 ○○역 6번 출구가 어디죠?" "혹시 ▲▲카페 아세요?" "★★술집 가려면 어디로 가야 되나요?"라고 물은 뒤에, 마음에 든다고 하면서 연락처를 받았다. 그런 시도를 수도 없이 하고 난 다음에는 자신감이 붙어 어디서든 말을 거는 게 어렵지 않게 되었다. 학교 앞에서건 클럽에서건 나이트에서건 가리지 않고 말을 걸었다. 몇 번 말을 걸고 연락처를 받고 난 이후에는 잠자리까지 가기도 했다. 사람들과 어울려 노는 것도 좋아해서 가끔 학교 선배들과 클럽이나 나이트를 간 경우도 있었는데, 아무 거리낌없이 말을 거는 나를 보며 선배들이 놀라기도 했다.

하지만 그럼에도 불구하고 내 연애는 평탄치 않았다. 누군가와 오랫동안 연애하기가 힘들었다. 만나면서 어딘가 모르게 상대방이 불편하게 느껴졌고, 동시에 힘들어하는 나를 보면서 자괴감이 들기도 했다. 무언가 잘못된 것 같다는 생각이 들었고, 이건 아닌데 하면서도 다른 무언가가 있는 것 같다는 생각도 들었다.

'말을 걸고 대화하는 건 어렵지 않은데, 뭔가 상대방이 내게 확 빠져들게 만들만한 게 부족해. 다른 뭔가가 없을까?' 하고 생각하다가 찾아낸 것이 픽업커뮤니티였다. 드문드문 올라오는 자극적인 글들에 심취했었고, 그 글들에 빙의가 되어서 나라면 어떻게 했을까 하는 상상을 해 보기도 했다. 그리고 본격적으로 배우기를 결심하고 강의를 수강하게 됐다.

내가 픽업이라는 개념을 처음 접했던 것은 2006년 즈음이었다. 그 시기는 바로 픽업과 픽업아티스트라는 말이 한국에 들어온 지 얼마 안 된 때였다. 국내에는 길에서 누군가에게 말을 거는 것 조차도 생소하게 여겨졌던 때였다. 픽업이란 게 있다는 사실을 아는 사람도 소수에 불과했다.

그 뒤로 몇 년간 사이트들을 눈팅하다가 2010년 12월 말, 첫 오프라인 모임에 참석했고 2011년 3월 경부터 약 반 년 동안 강사로서 사람들에게 픽업을 가르쳤다. 내가 활동한 시기는 말하자면 1.5세대 정도였다. 1세대가 당시의 각종 밤문화 사이트에서 활동하던 사람들이 픽업아티스트라는 타이틀을 등에 업고 활동한 시기였다면, 2세대는 본격적으로 하나의 직업처럼 여겨지면서 각종 매체에 등장하고 상업화가 본격화한 시기였다고 할 수 있었다. 그러니까나는 그중간 즈음에 잠시 활동했다고 할 수 있다. 그리고 약 10년이지난 지금은 라이프스타일, 연애컨설팅, 자기계발 등으로 분화되기시작했고, 픽업아티스트라고 대놓고 활동하는 사람이나 커뮤니티는 좀처럼 찾기 힘들게 되었다.

[에피소드]

처음 픽업 단체를 찾아가서 업체의 대표를 직접 대면했을 때 들은 말이 기억난다.

"이거 왜 배우세요? 그 얼굴이면 픽업 안 배워도 충분한데."
"아, 저 그냥 궁금해서요. 고수가 되고 싶어요."
"며칠 뒤에 클럽에서 조각모임[1] 있거든요? 그때 한 번 오세요."

그때가 12월 말 추운 겨울이었고, 나는 지방에서 휴식을 취하고 있는 시기였다. 이 사람들은 클럽에서 어떻게 작업을 하는지 매우 궁금했다. 조각모임을 하는데 각자가 필요한 돈은 12만 원 정도였다. 그 돈을 지불하고 클럽을 달리기[2]로 했다. 4시간 이상이 걸려 서울에 도착했고, 마침내 그 날 밤이 되었다. 모두들 픽업라운지[3]에 모여서 치장을 하기에 여념이 없었다. 나도 작정을 하고 왔기 때문에 내가 할 수 있는 최대한으로 나를 가꿨다. 그리고 클럽에 가기 전 간단한 사전교육을 받았다. 교육의 내용

• • •

1) 몇 명씩 짝을 지어 유흥을 목적으로 만나는 모임
2) 유흥을 즐기는 행위를 일컫는 속어. '달리다'에서 온 말
3) 픽업을 하기 위해 모이는 특정 장소나 집을 말한다. 아지트와 같다.

이란 클럽에서 어떻게 행동해야 하는지에 관한 것들이었다. 총 10명 남짓한 사람들이 모였고, 몇몇씩 짝을 지어 강남의 모 호텔 클럽으로 향했다. 메이저라 불리는 클럽, 그리고 거기에서 테이블을 잡는 일은 전에 경험해 보지 못한 상황이었기 때문에 긴장했고 동시에 설레기도 했다.

고수라 불리는 사람들, 즉 강사들의 모습을 관찰하기 시작했다. 웃기는 데에 주력한 사람도 있었고, 여자를 데려오는 데 주력한 사람도 있었으며, 특정 소품을 통해 어떤 반응을 유도하는 사람도 있었다. 나는 혼자 스테이지를 돌아다니면서 주변을 물색하기 시작했다. 말을 걸기보다는 현재의 분위기를 즐기는 데 주력했다. 유명 연예인이 놀러 왔다는 말을 듣기도 했지만, 나는 그것보다는 거기에 있는 사람들이 신기했고, 오늘 밤 무슨 일이 펼쳐질까 두근거렸다. 그러면서 내 테이블로 돌아가 잠시 휴식을 취하려고 했다. 거기엔 고수 한 명과 옆에 여자 한 명이 앉아 있었다. 고수는 열심히 여자에게 공을 들이고 있었다. 나는 그 광경을 외면하고 혼자 한 잔을 기울였다. 그런데 그 여자가 내 옆으로 오더니 나를 빤히 쳐다보기 시작했다. 그리고는 잠시 후 내게 키스를 하는 것이었다. 그걸 보고 있던 고수는 황당해하며 다른 여자를 물색하러 가버렸다. 잠시 후 스테이지에서 그와 잠깐 마주쳤을 때, "야, 그 여자애 정도면 A급이야 A급. A줘도 돼."라고 말했다.

그리고 얼마 뒤 그 여자와 클럽을 나갔고, 둘이서 관계를 가진 후 다시 클럽에 돌아왔다. 스테이지에서 다시 마주쳤을 때는 서로 눈웃음을 주고 받았다. 그리고 나서 다시 다른 여자와 이야기하기 시작했고, 고향이 비슷해서 이야기가 잘 맞았다. 클럽이 끝날 무렵이라 서로 식사나 하러 가자고 했고 식사가 끝난 뒤 이번엔 그 여자와 관계를 가졌다. 다음 날 아침, 라운지로 돌아갔더니 다들 지쳐 쓰러져 있었다. 그날 나 외엔 아무도 픽업에 성공한 사람이 없었다.

픽업강사가 되다

지방에서 다시 휴식을 취하고 있을 무렵, 내게 강사 제의가 들어왔다. 당시에 강사로 활동하던 사람들이 그만두게 되어 대신 활동해 줄 사람이 필요한데, 나에게 그 역할을 해 줄 수 있겠냐는 것이었다. 딱히 관련 이론들을 정확히 알고 있던 것도 아니라 처음엔 망설였지만, 이내 제의를 받아들였다. 그 결정 후 나는 서울로 다시 올라왔고, 라운지에 살면서 본격적으로 사람들에게 픽업을 가르치게 되었다.

그곳에서 사는 동안 여러 명의 여자들을 만나게 되었다. 라운지가 있던 곳이 강남에 있었고, 클럽과 가까워서 놀기에는 최적의 장소였다. 커뮤니티에서 닉네임으로만 보던 고수들과 직접 겸상을 하고 말도 섞으면서 그들의 작업 모습을 보면서 나는 점점 그쪽 세계에 빠져들기 시작했다. 내가 잘 논다는 소문을 듣고 일부는 자기와 함께 달리자고 제의를 하기도 했다. 그리고 동시에 회원들에게는 선망의 대상이 되기도 했다. 뭔가 우쭐한 기분이 들기도 했고, 동시에 불편한 기분도 들었다.

강사가 되면서 한 가지 안 좋은 점이 있었다. 전에는 픽업만 하면 되었지만, 이제는 그것이 사람을 가르치는 일이 되다 보니 마음대로 즐길 수가 없었다. 취미가 일이 되어버린 느낌이었다. 뭔가를 알려줘야겠다는 의무감과 내게서 배우려고 눈에 불을 켜고 있는 회원들을 보면서 노는 게 노는 것 같지 않았다.

그리고 전에는 마냥 친구처럼 편했던 관계가 강사가 되고 난 후로는 조금씩 거리가 생기기 시작했다. 같이 살면서 지시나 명령을 내리는 일로 가끔씩은 다툼이 생기기도 했고, 강의안과 스케줄을 짜는 것도 쉬운 일은 아니었다. 어쨌거나 이런저런 어려움 속에서도 나는 점점 픽업아티스트 생활에 익숙해지기 시작했고, 스스로 그것이 당연하다고 여기며 배우러 오는 다른 사람들에게도 그 활동에 대한 당위성을 부르짖는 일에 앞장섰다.

어릴 적 기억들

지방에서 제법 괜찮았던 우리 집안이 기울고 난 이후, 나에게는 삶에 대한 압박감이 강하게 들었다. 조금은 불안했던 가정환경의 영향도 있었다. 어렸을 때부터 부모와 떨어져 지냈고, 할아버지와 할머니 손에서 자랐다. 사춘기를 겪으면서 활달했던 성격이 조용하고 내성적인 성격으로 바뀌게 되었다. 지나가는 비슷한 또래 여자아이들에게 관심이 있으면서도 쉽게 말을 걸지 못했다. 같은 반 아이들이 여자친구 이야기를 할 때마다 부럽기는 했지만 내 이야기는 아닌 것 같았다.

중학교 시절에는 강박관념과 결벽증이 있었고, 너무 자주 씻어서 두 팔의 피부가 빨갛게 부어오른 적도 있었다. 나 스스로 어떤 죄책감이나 죄의식, 기분 나쁜 상황을 겪으면 그것을 씻거나 어떤 특정 행위로 정화시키고 싶었다. 그게 스스로도 너무 스트레스여서 겉으로는 착하고 점잖아 보이지만 속으로는 굉장히 신경질적이고 예민한 아이였다.

고등학교에 진학하고 난 후로 집안을 일으켜야 한다는 생각이 강해서 공부에 대한 압박도 많이 받았다. 장남이었기 때문에 그리고 내가 너무나 사랑하는 가족이 잘되는 모습을 보고 싶었기 때문에 나는 더 열심히 해야 한다는 생각을 갖고 있었다. 하지만 실상은 공부에 완전히 집중할 수 없었다. 그래서 더 괴로웠다.

처음으로 좋아하는 사람이 생긴 건 고등학교 2학년 때였다. 그렇지만 첫사랑에 실패했고, 고3이 되어서야 첫 여자친구를 사귈 수 있었다. 여자친구는 고1이었고, 우리는 47일을 사귀고 헤어졌다. 생각해 보면 초등학교를 다닐 때도 관심 있는 여자애들이 있었음에도 나는 내 마음을 제대로 표현할 줄 몰랐다. 내가 슈퍼맨이 되어 위험에 처한 그 아이를 구하는 상상을 자주 했다. 어떤 영화 같은 상황이 벌어져서 나와 잘되는 상상도 했다. 그렇지만 정작 직접 마주하는 내 현실은 그런 상상과는 너무나 달랐다. 아무 일도 일어나지 않았고, 정작 상대방 앞에서는 제대로 말도 꺼낼 수 없었다. 그래서 나는 내게 마법 같은 힘이 있었으면 좋겠다는 상상을 자주 하곤 했다.

고백하자면, 여자와 직접 대면하는 내 현실이 불편해, 어떤 특별한 상황이 생기고, 특별한 힘을 상상하고 그것이 실제로 이루어지기를 바랐던 나의 마음이 나로 하여금 픽업을 하게 한 직접적인 계기였다고도 할 수 있다.

PART
02

픽업아티스트의
실상

●

픽업아티스트는 의외로 많다

픽업아티스트라고 해서 특별한 건 없다. 공인된 자격증이 있는 것도 아니다. 국민 정서상 내세우기 어려운 직업이기도 하고. 그리고 엄밀히 말하자면 픽업아티스트라는 자격이 따로 있는 것이 아니라 자기 스스로 붙이는 칭호에 불과하다고 볼 수 있다. 만약 당신이 지금 당장 어느 픽업 커뮤니티에 가입해서 글을 읽고 감명을 받은 다음, 스스로 헌팅 몇 번 하다 보면 오늘부터 당신은 픽업아티스트가 될 수 있다. 공신력 따위는 기대하지 않는 것이 좋다. 어떤 의미에서는 닥치는 대로 여자를 후리고 다니는 무분별한 작업질에 대한 면죄부로서 픽업아티스트라는 타이틀이 사용된다고 볼 수 있다.

인간은 어떤 집단 안에 있으면 그 집단에 심정적 공감을 받고 점점 그 집단에 동조되는 경향을 보인다. 대개 그 과정은 합리적이거나 논리적인 과정이라기보다 감정적이기 쉬운 것 같다. 그 집단이 자신의 심정을 대변하고 있음을 알고, 그 안에서 자신이 심정적 공감을 얻거나 주변에 함께 공감대를 형성하는 사람이 많아졌을 때 강한 결속과 유대감을 느낀다고 보는데, 픽업도 마찬가지다. 사람들은 자신들에게 결핍된 무언가를 해소하는 과정이 필요했고 그것이때마침 어떤 사람들에게는 픽업이었다.

혹시 지나가다가 이런 말을 들어본 적 있는가?

"저기요, 잠시만요. 다름이 아니라 제가 친구 만나러 가는 길에 너무 맘에 들어서 그러는데 혹시……."

아니면 클럽에서 누군가 당신을 빤히 쳐다보며 당신과 눈이 마주치면 나직한 목소리로 다가와 이렇게 말할 수도 있다.

"저희 테이블로 같이 가지 않을래요. 오늘 친한 친구 생일이라."

이렇게 말하는 사람 모두가 그런 것은 아니지만, 당신에게 접근해 말을 거는 누군가가 픽업아티스트이거나 픽업 커뮤니티에서 활동하던 사람일 수 있다.

픽업아티스트라는 어떤 사람은 이렇게 말할지도 모른다.

"저희는 여성과의 잠자리가 목적이 아닙니다. 저희는 여성의 마음을 사로잡는 방법을 가르칩니다."

그런데 생각해 보자. 사람의 마음을 사로잡는 것이 어디 쉬운 일인가? 예로부터 사람의 마음을 얻는 것이 가장 어려운 일이라고 했다. 만약 누군가 여성이든 남성이든 다른 사람의 마음을 마음대로 움직이고 사로잡을 수 있다면, 그 사람은 픽업아티스트만 하고 있지는 않을 것 같다.

일부에서 주장하는 '마음을 사로잡는 픽업'은 대개는 상대의 호감이나 환심을 사는 정도거나 자신을 지속적으로 괜찮은 사람이라는 이미지를 형성하고 상대에게 인식시키는 세뇌작업이라고 볼 수 있다. 그리고 이에 따른 결과는 두 가지로 예상해 볼 수 있다. 관계가 단기간에 끝나거나, 자신의 본 모습을 속이는 과정에서 어떤 압박감과 스트레스를 감내하면서까지 억지로 관계를 끌어가는 경우다.

정말로 내가 괜찮은 사람이라면 굳이 그런 노력을 기울일 필요

가 있을까? 오히려 억지로 상대에게 주입시키고 세뇌하는 과정을
거치면서 나는 실제로 괜찮은 사람이 아니면서 괜찮은 사람인 척
속이는 것으로밖에 볼 수 없다.

어떤 사람들이 가르치는가

픽업아티스트 단체들은 주로 포털 사이트의 카페나 소규모 사이트로 운영된다. 사이트가 확산 되는 과정은 대개 타 픽업사이트에서 활동했던 사람이 자기가 해 보겠다며 다른 픽업사이트를 차린다. 그런 후 자신의 작업에 대한 결과물들을 올리면서 회원을 모집한 다음 스스로 강사로 자청한다. 일반회원들도 글을 올리면서 사람들의 호응을 받으면 강사 제의를 받는 경우도 있다. 대개는 강의 커리큘럼을 어느 정도 이수한 회원에게 자리를 주는 경우도 있으며, 칼럼을 쓰거나 오프라인 모임에서 자신을 입증해 보이면서 강사가 되는 경우도 있다.

실력에 대한 입증은 주로 커뮤니티에 이성과 주고받은 대화내용이나 자신의 작업과정을 담은 글을 올린다. 사진이나 동영상, 오디오 파일 등을 이용해 해당 상황에 대한 증거물을 제시하기도 한다.

글이나 말재주가 좋을수록 사람들의 호응을 얻는 것은 매우 쉽다. 시장 진출에 대한 진입장벽이 매우 낮고, 요구되는 전문지식의 절대량이 여타의 직업에 비해 크지 않기 때문에 어느 정도 경험만 있다면 누구나 쉽게 업체를 차릴 수 있다.

픽업아티스트와 관련된 커뮤니티들이 성인사이트로 신고되는 일이 많아지면서 그 활동이 주춤했으나, 완전히 없어지지는 않았다. 지금은 다양한 변종 형태의 픽업 단체들이 존재하고, 아직 그만큼의 수요자들도 있다.

업체 전향의 대표 사례는 연애컨설턴트다. 아 다르고 어 다르듯이 민감하게 여겨질 수 있는 부분만 살짝 빼놓고 말하면 어느 정도 주홍글씨는 면할 수 있기 때문에 선호하는 것 같다. 이렇게 연애컨설턴트와 픽업아티스트가 서로 섞여서 활동하고 있기 때문에 현재는 상호 정체성에 대한 구분이 모호해졌다.

구분이 모호해진 현재가 아닌, 과거 연애컨설팅과 픽업을 비교해 봄으로써 음성적인 이미지임에도 불구하고 왜 픽업에 대한 수요가 높았는지를 살펴보자. 연애컨설팅은 이성에 대한 심리 이해에 중점을 두고 회원들은 주로 연애 고민 상담을 하면서 자신의 문제를 해결할 수 밖에 없었다. 그런데 픽업이 등장하면서 유혹의 기술에 대한 지침이 주어지고, 관련된 다양한 실전 사례들이 등장하면서 각광을 받기 시작했다.

다소 진부한 이야기들에 질리고, 실제로 현장에서 써먹을 수 있는 기술이 필요했던 사람들에게는 픽업이 희소식이었다. 즉 방법이 맞든 틀리든 일단은 내가 직접해 보고 결과를 눈으로 확인할 수 있다는 점에서 픽업은 기존의 연애컨설팅에 대해 비교 우위에 설 수 있었다. 강사가 동참하고 즉석에서 피드백 해 주는 커리큘럼을 갖추었고, 책과 동영상 강의가 등장하면서 겉보기에는 전문성이 있게 보였다. 그러나 분야의 특성상 지도하는 사람들의 역량이나 인성에 대한 질적인 수준은 보장할 수 없었다.

어떤 사람들이 배우는가

의사, 약사, 공기업, 대기업, 외국계 기업에 근무하는 사람, 학생 등 다양한 사람들이 픽업을 배우러 왔었다. 나이도 적게는 20대 초반에서 많게는 40대도 있었다. 이는 실제로 내가 본 사람들 기준이고, 온라인 회원의 경우는 그보다 더 다양할 것이다.

극단적인 판단으로 볼 때 그곳에는 여자만 보면 환장하는 이상한 사람들만 있을 것 같지만, 사실 참가자들은 오히려 길거리에서, 직장에서, 학교에서 흔히 볼 수 있는, 겉으로는 멀쩡해 보이거나 평범한 사람들이 많다. 아마 연애 문제만큼은 남녀노소 지위고하를 불문하고 누구나 고민해 보는 문제이기 때문이 아닐까 생각한다.

연애를 잘해 보고 싶어서 조금 도움을 얻고자 하는 제법 순수한 의도를 가진 사람들도 있는 반면, 그렇지 않은 사람들도 있다. 익명성을 보장하는 온라인 공간에서 숨겨진 인격이 드러나는 것처럼, 픽업에서는 밝힐 수 없던 욕망을 분출하려 하거나 자신의 결핍을 해소하려는 공간이 됐던 것 같다. 그리고 실제로 겪어보지 않은 사람들에게 그곳은 마치 그들의 욕망을 현실로 만들어 줄 수 있을 것만 같은 마법사들이 살고 있는 곳처럼 보였다.

직업과 생김새, 환경은 다르지만 수강생들에게는 어딘가 공통점이 있었다. 대부분 숫기가 없었고, 자신감이 부족해 보였다. 어떤 경우는 화로 가득 차 있는 사람도 있었다. 경험상 대인관계가 원만해 보이는 사람보다는 그렇지 않은 사람의 비중이 많았다. 간혹 상태가 멀쩡해 보이는 사람들도 있지만 그들과 조금씩 대화해 보면 문제가 뭔지 알 것 같았다.

[에피소드]

기억에 남는 수강생이 있다. 때는 2011년 어느 날이었다. 처음 그의 모습에 굉장히 당황했다. 그 사람은 반신불수였고, 휠체어를 타고 다니거나 누군가가 부축해 주지 않으면 거동하기가 불편해 보였다. 라운지로 데려오기 위해 여럿이서 그가 탄 휠체어를 붙들어 매고 올라와야 했다.

그런데 불편한 몸으로 사업에 성공을 해서 차는 외제차를 타고 다녔다. 모두들 거절했으나 도와 줄 사람은 나밖에 없다며 저 사람이 불쌍하지 않냐는 친구의 권유로 그 사람을 수강생으로 받아들인 적이 있었다.

그 사람은 여자를 만나고 싶다고 했는데 그렇다고 못생긴 여자나 자기와 비슷한 처지에 있는 사람을 만나기는 싫었던 모양이다. 그는 자신에게도 성욕이 있다고 내게 털어 놓았다. 그때 처음 알았다. 그런 사람도 성욕이 있고, 일반인과 크게 다르지 않다는 것을. 그의 차 안에서는 그가 즐겨 듣는 CCM이 울려 퍼지는데 그의 입에서는 여자 이야기가 나온 것에 이질감을 느끼기도 했다.

그의 참여는 열성적이었고, 강의가 있을 때마다 거의 빠지지 않고 참석했다. 한번은 내가 헌팅하는 모습을 보고 싶다고 자꾸만 조른 적이 있었다. 이걸 어떻게 해야 되나 하고 고민하던 중에 그가 자신의 차를 타고 가자고 해서 '압구정 로데오' 거리로 향했다. 거리에 진입하자마자 한눈에 봐도 귀엽고 예쁘장하게 생긴 여자가 액세서리 샵으로 들어가는 게 보였다. 그래서 나는 차 창문을 내리고 말을 걸었다. 번호는 쉽게 얻었다.

말을 거는 모습을 두세 번 더 보여 주고 난 돌아가자고 했다. 그런데 그가 자꾸만 처음에 내가 말 걸었던 그 여자를 잊을 수 없다면서 번호를 자신에게 넘기면 안되겠냐고 졸라댔다. 이건 아닌 거 같다며 만류하였으나, '옆에 있던 친한 형이 마음에 든다면서 하도 졸라대서 말을 건 것'이라고 하자며 자꾸만 떼를 쓰는 바람에, 그 성화에 못 이겨 조금은 불편한 마음으로 번호를 넘겼다. 얼마 후 그가 여자에게 연락을 했으나 여자는 '저 남자친구 있어요'라는 말과 함께 그의 연락을 거절했다.

당시에는 조금은 측은한 마음으로 그의 연애가 잘되기를 바라는 마음에 그를 도왔던 것 같다. 식당에서 몸이 불편한 그를 부축하며 그의 똥오줌이 든 봉지를 받아 든 적도 있었다. 그렇지만 대화를 하면서 느낀 건 대화의 초점이 예쁜 여자를 만나고 싶다는 것에만 맞춰져 있다는 것이었다. 아마 본인이 그런 경험을 해본 적이 없어서 더 그랬던 것 같다. 돈은 있는데, 몸은 불편하고, 놀고는 싶고…….

나중에 그가 자신을 클럽에 데려가 달라고 한 적이 있는데, 내가 활동을 그만두게 되면서 데려가지 못하게 됐다. 그 일로 좀 삐진 것 같았다. 시간이 지날수록 내가 처음에 그를 도우려 했던 마음과는 자꾸만 괴리가 생겼다. 몸이 성한 사람이든 아닌 사람이든 사람은 똑같구나 하는 생각이 들었다.

당시 내가 픽업을 가르치고 있었지만, 목적은 수강생들이 여자 때문에 고생하지 않고, 연애를 잘 할 수 있도록 돕는 것이었다. 그런 내 목적이나 의도와는 달랐던 사람들의 모습 때문에도 나는 픽업에 대한 회의를 느꼈다.

고수라 불리는 사람들의 모습

픽업 커뮤니티 내에서 어떤 사람에 대해 고수인지 아닌지는 대부분 그가 올린 글로 판별한다. 그런 만큼 사실은 별 것 아님에도 불구하고 다소 과장되고 포장된 부분이 많다. "저, 여자 만났어요"라고 한 줄로 요약할 수 있는 내용도 각종 픽업용어를 섞어가며 뭔가 있어 보이는 것처럼 이야기하면 분별없는 사람은 그 이야기가 모두 진실이라고 믿게 된다.

예를 들면, 자기 입장에서는 픽업 기술을 사용해서 여자를 유혹했다고 생각할 수도 있는데, 다른 시각으로 보면, 그 날 그 여자가 한 번 놀고 싶어서 만나줬을 가능성도 있는 것이다. 물론, 바로 상대가 그런 여자라는 점을 간파해서 만났다는 것도 능력이라고 말한다면 뭐라 할 말은 없다. 아니면 어떤 경우, 다른 사람들이 눈으로 직접 확인할 수 없는 점을 이용해 있지도 않은 일을 지어내기도 한다.

픽업아티스트 작업의 실체

남자들은 게임을 좋아한다. 문제를 해결하려고 하고, 전략을 짜면서, 게임을 이기는 것에 열광한다. 픽업은 여자를 만나는 과정을 하나의 게임처럼 보이게 하는 효과가 있다. 그리고 바로 그 점 때문에 회원들은 고수들의 글에는 뭔가 특별한 게 있을 거라고 기대하면서 집중하여 글을 읽는다. 어떤 특별한 멘트를 이용해서 여자를 만났다거나, 드라마틱한 상황에서 불굴의 의지를 보였다거가, 어떤 순서를 밟아 차근차근 그 여자를 자신의 여자로 만들었다는 식의 이야기에 회원들은 열광한다.

내가 속해 있던 곳은 이론파보다는 행동파에 가까웠다. 그래서 이론이나 용어가 섞여 있는 외국어 독해하듯 봐야 하는 글들보다는, 만남에 대한 일화들이 주를 이뤘다. 주요 활동 연령은 30대였다. 그런 면에서 한 가지 괜찮았던 점은, 이론을 통해 다소 부풀려질 수 있는 것을 몇 꺼풀 벗겨진 상태에서 보다 실제적인 상황들을 접한 것이다. 왕년에 놀았다고 하는 사람들 입장에서 볼 때 픽업이란, 이들에게 업데이트된 취미생활 정도였다.

고수라 불리는 사람들 역시 30대가 많았는데, 현실적인 사회 포지션으로 볼 때 30대는 여러 모로 20대보다 유리하기 때문이라고 생각한다. 예를 들면, 안정된 직장과 경제력, 사회생활 경험, 사고의 폭 등이다. 경제적 여유가 있으므로 데이트를 하더라도 좀 더 괜찮은 곳으로 갈 수 있고, 사회생활 경험이 있기 때문에 만나서 할 이야기도 많다. 그리고 한국의 경우 나이가 있는 사람이 하는 말이라면 좀 더 믿어주거나 신뢰할 수 있다고 여기는 경향이 있기 때문에, 이런 면에서 30대가 20대보다 유리하다고 할 수 있다.

그들과 함께 픽업을 할 기회가 몇 차례 있었다. 고수라 불리는 사람들은 어떻게 작업하는가, 뭔가 특별한 게 있지 않을까 궁금했다. 그런데 고수라고 특별하지는 않았다. 고수들을 실제로 보면 굉장히 잘생겼거나 하는 사람들은 거의 없다. 그냥 평범한 아저씨나 형처럼 생겼다. 처음 봤을 때는 "이 사람이 고수라고? 별거 없는데?" 하는 생각이 들 정도다. 아마 너무 잘생긴 것보다 부담 없는 얼굴이라면 경계심이 풀어지기 때문에 고수 중에 평범하게 생긴 사람이 많은 것 아닐까?

그리고 고수라는 사람들조차도 모든 여자를 유혹할 수는 없었다. 한 번은 고수라고 불리는 사람들이 총출동 했지만, 그들이 실패한 여자를 기본적인 픽업 이론 하나 모르는 내 친구가 사귄 적이 있었다. 그때 고수에 대한 환상이 확실히 깨졌다. 대신 20대든 30대든 픽업을 잘한다는 사람들의 특징이 한 가지 있었는데, 그것은 바로 끈기이다.

결국 현실을 깨닫게 된다

픽업을 배운 젊은 친구들이 수 차례 픽업의 맛을 본 이후에는 어느 정도 한계에 부딪히는 상황을 맞게 된다. 그 대표적인 이유가 바로 돈에 있다. 돈은 화폐만을 뜻하는 것이 아니라 자신의 사회적 지위를 대표한다. 아직 사회에서 자신의 포지션을 찾지 못한 20대의 젊은이라면 집안에 재력이 충분하지 않은 이상, 돈이 없는 것이 당연하다.

짧은 데이트라도 그것이 여러 차례 반복되다 보면 절대량은 많아지는 법이다. 한두 번의 픽업은 경험일 수 있지만, 그것을 컨트롤하지 못하고 중독되는 경우 본인의 현실이 망가진다. 그리고 나이는 들어가는데 전문성을 기를 시간과 노력을 잃어버린 결과, 오히려 사회가 그들을 픽업할 기회를 놓치고 만다.

사회에서도 사람들을 평가할 때 일차적으로 그 사람의 사회적인 지위를 따진다. 직업은 무엇인지, 가정환경은 어떤지, 학벌은 어떤지. 그 사람이 어떤 사람인지, 가치관은 무언지 등을 구체적으로 파악하는 것은 그 다음인 경우가 많다.

자신이 아무리 예쁜 여자를 만나고 싶어도 처한 환경이나 수준 차이가 극명하면, 그 여자가 자신을 만나 줄 리 없다. 만약 우연히 만난다고 해도 오랜 기간 그들과의 만남을 지속할 수 없는 이유도 여기에 있다. 픽업을 배웠음에도 여자 문제를 해결할 수 없는 아이러니다.

픽업에서는 HB(Hot Body)라는 용어로 여성들의 외모를 점수로 매긴다. 10점 만점 기준으로 HB몇 점짜리를 픽업했느냐에 따라 본인들의 역량이 측정되기도 한다. 자신이 만나는 사람을 평가하는 척도가 외적 기준에 있기 때문에, 본인 또한 외적인 기준으로 평가받기 쉽다. 이런 경우 자신에 대한 부족함을 느끼기 쉽다. 그래서 끊임없이 다른 무언가로 자신을 채우고자 한다.

"몸을 더 만들어야 해", "성형을 해 볼까", "돈이 더 필요해", "역시 외제차를 타야지"라고 생각하며 그렇지 못한 자신을 한탄하고 끊임없이 자신에 대한 불만족을 느끼게 된다. 이런 생각은 상대 여성을 "걸레", "된장", "김치녀" 등으로 폄하하는 행동으로 이어지기도 한다. 그러나 이는 본인에 대한 불만족과 불안을 타인에게 해소하는 피해의식으로밖에는 안 보인다.

나는 어떻게 픽업판을 떠났는가

픽업 활동을 하면서, 점점 그 세계가 생각했던 것만큼 매력적인 곳이 아님을 깨닫게 되었고, 동시에 건강 상태도 나빠졌다. 픽업 활동과 일상생활 곳곳에서 받은 스트레스는 내 몸을 지치게 만들었고, 심장에도 무리가 왔다. 그래서 픽업판을 떠나게 되었고, 시간이 지나면서 내 스스로 답을 찾는 과정을 겪었다. 결과적으로 나는 픽업이라는 불편한 옷을 굳이 입어야 할 필요성을 느끼지 못했다. 여자를 만나는 것에 대해서도 픽업은 내게 정답을 가져다 주지 못했다.

나는 일기를 써보기도 하고, 나와 주변 상황들을 관찰하면서 전에는 하지 않았던 좀 더 본질에 대한 접근을 시도했다. 그 과정을 겪으면서 전에는 미처 깨닫지 못했던 것들을 알 수 있었다. 내 삶을 사는 것에 무엇이 가장 중요하며, 스스로가 편한 관계를 맺으려면 어떻게 해야 하는지를 고민해 봤다. 그리고 진짜 내 문제가 무엇이었는지 알게 되었다. 문제는 기술이 아니었다. 나의 자존감과 열등감의 문제였다.

세상을 향해 뭔가 번듯하게 내보이고 싶었고, 사람들에게 인정받고 싶어하는 내 모습을 알게 되었다. 나 자신의 가장 약한 모습, 그리고 감추고 싶었던 부분을 끄집어낸다는 것은 정말 괴로운 일이었다. 그런데 힘든 과정을 겪고 나니 적어도 나 스스로에게는 솔직해질 수 있었다.

성공하고 싶다는 열망, 인정받고 싶다는 열망, 그리고 지금의 나 자신은 아직도 부족하다는 생각은 나를 위축되게 만들었다. 내 마음상태가 불안정한데, 그 상황에서 다른 누군가와 억지로 관계를 맺으려고 하는 시도는 고장난 엔진을 모는 자동차처럼 불안하고 늘 위험이 예비된 상태였다.

픽업이란 말하자면 고장난 엔진은 그대로 놔두고, 멋진 드리프트 실력과 코너링 기술을 배우고, 차를 예쁘게 튜닝하는 방법을 배우는 것과 같다. 엔진에 결함이나 문제가 있음에도 불구하고 정확히 무엇이 문제인지는 모르는 채, 그대로 방치하고 일단 차를 주행시키는 것이다. 그러다 보면 당연한 이야기이지만 사고는 당연히 나게 되어 있다.

피해자는 또 다른 가해자가 되고

진실에 다가가는 일은 괴롭지만 반드시 필요한 과정이다. 대개
는 그 과정을 생략하고 건너뛰기를 원한다. 픽업의 환상 놀음과 이
미지 메이킹은 분명 마케팅 수단의 하나에 불과하다 하지만 그 반
대편에는 기꺼이 그런 것이라도 받아들이려는 소비자들이 있다.

나도 마음에 드는 여자와 관계할 수 있을 거라는 생각과 갖가
지 후기들은 일차원적 성적 욕망을 부추긴다. 여자도 그렇지만 이
미 마음이 한쪽으로 지나치게 쏠린 상태에서는 주변의 어떤 조언도
소용없다. 본인이 직접 겪고 데이고 나서야 겨우 알게 된다. 그러나
정신 차리고 난 다음에는 이미 몸도 마음도 만신창이가 되어 있다.

상처 입은 누군가는 더 이상 상처 입고 싶지 않은 마음에 위축되
거나 본의 아니게 그 상처를 타인에게 전가시킨다. 그런 상황이 반

복되면서 서로가 지친다. 상처 입지 않고 싶고, 내 에너지와 자원들을 소모하고 싶지 않으니 최대한 빠르게 계산기를 두드린다. 그런데 빠른 계산만큼 만남이 만족스럽지는 않다.

하루하루 사는 것 조차도 힘들고, 잦은 상처들로 인해 염세적이고 비관적으로 물들어가는 사람이 타인과 온전히 관계를 맺기가 쉽지 않은 것은 당연한 일 아닐까?

PART
03

픽업아티스트의
작업 기술

●

작업의 3단계

본 장에서는 실제 픽업에서 사용하는 기술들을 알아보도록 한다. 현장을 떠난 지 수 년이 지난 지금이지만, 픽업인(이제부터는 편의상 픽업아티스트가 아닌 픽업인이라고 지칭한다)의 작업 방식은 예전과 크게 다르지 않을 것으로 보면서 내가 기억하고 있는 것들을 나열해 보려고 한다. 픽업은 크게 어트렉션(Attraction), 컴포트(Comfort), 시덕션(Seduction) 세 단계로 나뉜다.

1. 어트렉션(Attraction)

어트렉션은 '매력, 끌림'을 뜻한다. 예선을 통과해야 본선에 진출할 수 있듯, 처음에 상대방이 내게 얼마만큼 호감이 있는지를 판별하며, 나에 대한 호감을 최대한 극대화하는 것이 이 단계의 관건이다. 이 호감도를 판별하는 단어를 IOI(Indicate of Interest)라고 한다. 내게 관심을 보이는 정도에 따라 IOI가 높거나 낮다고 한다. IOI는 어트렉션 단계에만 해당하는 것이 아니라, 컴포트와 시덕션 단계에 모두 적용되는 픽업인의 최대 작업 단서다.

　대개 IOI는 내 첫인상이나 외모와 관련이 있기 때문에 픽업인 들은 자신들의 외모를 가꾼다. 자신의 외모를 관리하고 다듬는 행 위를 그루밍(Grooming)이라고 하는데, 피부를 관리하거나 머리를 다 듬고 콧털 혹은 수염 정리, 손톱 관리 등이 이에 포함된다. 픽업인 들은 대개 작업을 나서기 전 그루밍을 하는데, 미용실에 가서 드라 이를 한다거나 비비크림을 바르고 옷을 갖춰 입는다. 이는 일반인 들도 자주하는 행동이지만, 일반인과 다른 점이 있다면 픽업인들은 이런 행동이 이성을 만날 때마다 반복된다는 것이다. 기본적인 그 루밍에서 더 나아가면 성형을 시도하는 경우도 있고, 깔창을 구겨 넣어 신발에 넣고 다니기도 한다. 평소 운동을 하거나 패션에 신경 을 쓰면서 옷을 입더라도 최대한 깔끔하게 입는 것을 권한다.

　혹은 피콕킹(Peacocking)이라고 하여, 조금은 특이한 복장으로 상 대에게 자신을 각인시키는 행동이 있다. 특이한 모자나 신발, 그리 고 액세서리, 다소 요란하거나 과해 보이는 옷을 입으면서 자신을 부각시킨다. 수컷 공작새의 깃털을 연상해 볼 수 있다. 시선을 집중 시켜 주의를 끌 수 있는 효과도 있고, 그 자체가 대화의 소재가 된다. 그리고 한편으로는 그렇게 입는 모습에서 자신감을 엿볼 수도 있기에 피콕킹을 하는 경우가 있다.

어트렉션은 상대의 주의를 끄는 행동이다. 상대의 관심을 내게 돌리고, 그 관심을 더욱 집중시키게 한다던지, 없던 관심을 생기게 만드는 행동이 어트렉션이다. 이런 면에서 어트렉션에 성공했다고 볼 수 있는 순간은 상대가 "이게 뭐예요?", "이게 뭐죠?", "와 멋있네요" 하며 호기심을 갖거나 놀라게 되는 순간이라고 할 수 있다.

IOI 외에 픽업에서 중요하게 여기는 것이 또 하나 있는데, 그것이 바로 DHV(Demonstration of High Value)다. DHV를 쉽게 표현한다면 '가치 어필' 내지는 '가치 인식'이라고 할 수 있다. 단계는 많게는 6단계까지 있지만 굳이 알 필요는 없다. 상대방으로 하여금 자신이 높은 가치에 있는 사람이라는 것을 인식시키는 행위라는 것 정도만 알면 된다.

이것은 일상에서 우리가 타인을 보고 느끼는 것과 별반 다르지 않다. 예를 들면, 의사를 보고 신뢰를 느낀다거나, 외제차를 타고 다니는 사람을 보면 '저 사람은 부자일 것 같다'고 느끼는 것, 혹은 유명인을 보면 '우와' 하고 부럽다거나 어딘가 경외감이 느껴지는 상황들을 떠올려 볼 수 있다. 보통의 어머니들이 자녀의 친구들이 서울대를 나왔다고 하면 그 친구를 다시 보는 것도 이와 크게 다르지 않다.

사람들의 이런 심리를 예상하고 어떤 픽업인들은 외제차 대신 외제차의 키만 따로 준비해 자신이 외제차를 가지고 있는 양 행세하기도 하고, 명함을 여러 장 들고 다니면서 자신의 신분을 과시하기도 한다. 그러나 이런 행동들은 상대를 기만하는 행위로 비춰질 수 있음을 유의해야 한다. 사실 DHV가 갖는 의의는 자신이 가진 외적 요소에 대한 과시라기보다, 상대방과 직접 마주하거나 대화를 할 때 자신이 높은 가치에 있는 사람이며 그리 쉬운 상대가 아님을 은연중에 비추고 그것을 상대가 느끼게 하는 것에 있다.

사람들과 자연스럽게 어울리고 친해지는 모습을 상대에게 보임으로써, '이 사람은 사교성이 있구나' 하고 상대방이 생각한다면 이 역시 DHV로 볼 수 있다. 또 자신의 의사를 명확하게 표현하고 주장하는 모습도 DHV라 할 수 있다. 그래서 제법 고수라 불리는 픽업인들은 외모 관리뿐 아니라 일반 상식이나 잡학에도 관심을 갖고 공부하는 사람들이 있다. 그러면 대화를 할 때도 대화가 끊기지 않고 상대방으로 하여금 대화가 잘 통한다는 생각이 들게 하고, '이 사람 아는 게 많구나' 하고 생각함으로써 호감이 상승하게 된다고 보는 것이다.

DHV를 형성하는 요소 중 마지막은 비언어적 표현이 있다. 이는 바디랭귀지, 눈빛, 목소리, 표정 등으로 상대방에게 높은 가치를 인식시키는 방법이다. 예를 들어 보자. 어느 정도 트레이닝을 받은 픽업인들은 이성에게 접근을 시도할 때도 무턱대고 시도하지 않고, 특정 바디랭귀지를 취한다. 또한 동시에 상대의 바디랭귀지를 관찰하면서 경계심이 얼마나 허물어졌는지를 판단하게 된다.

내가 여자들에게 연락처를 비교적 쉽게 얻을 수 있었던 이유는 자신감과 패기가 자연스럽게 몸으로 표현되면서 상대방에게 어필된 것도 있었을 거라고 생각한다. 자신감의 중요성을 픽업 단체에서도 알고 있기 때문에 가장 먼저 실시하는 교육이 '마인드세팅'이다. 그 내용은 자기들 나름대로 픽업인으로서 자부심을 심어 주고, 각종 근거나 이론 등을 언급하면서 이성에 대한 두려움을 해소시키는 과정이 담겨있다.

2. 컴포트(Comport)

라포(Rapport)라는 용어가 있다. 심리 상담에서 사용하는 용어라고 알고 있다. 라포는 말하자면, 사람끼리 느끼는 '공감 형성'을 표현하는 단어다. 라포를 쌓는다는 표현은 그 공감 지수를 점점 높이는 행위를 말하는데, 이를 통해 상대방이 자신에게 마음을 열게 만든다. 컴포트 단계에서는 바로 이 라포를 쌓는 것을 중요시한다.

생각해 보라. 다짜고짜 "나랑 잘래요?" 하면 당장 그러자고 할 사람이 누가 있겠는가. 그랬다가는 성추행범으로 고소당할 게 뻔하다. 컴포트 단계의 목적은 나에 대한 상대의 경계심을 해제하고 상대의 마음을 자신에게 열도록 유도하는 것에 있다. 고기를 낚을 때까지 착실하게 기다리고 뜸을 들이는 과정인 셈이다.

1단계인 어트렉션 단계에서 어느 정도 내게 호감이 형성되면 상대방과 좀 더 대화할 기회를 갖게 되는데 컴포트 단계에서 얼마나 상대의 경계심을 해제하고 본인에게 신뢰를 갖게 하는지에 따라 마지막 단계로 돌입하느냐 마느냐가 결정된다. 대부분은 상대방의 정서나 감정을 자극하는 대화가 주를 이룬다. 그리고 상대방의 감정이 바로 자신을 향하도록 하고, 자신과 함께 있는 이 공간의 분위기를 환기시키는 것이 이 단계의 핵심이다. 예를 들면, 상대의 관심사나 취미를 빠르게 캐치해서 최대한 비슷한 점을 찾아내거나, 서로 만난 것이 인연임을 강조하는 행위를 들 수 있다. 왜냐하면 고향이 같다거나, 현재 사는 곳이 비슷하거나, 놀러 다니는 곳이 비슷하다면 일반적으로 친해졌다는 느낌이 들기 때문이다. 그리고 그렇게 조금씩 열린 마음 사이로 상대에게 비집고 들어갈 틈을 노린다.

콜드리딩(Cold Reading)과 스토리텔링(Story Telling)은 컴포트 단계에서 자주 사용하는 방법이다. 콜드리딩을 쉽게 말하면, 상대의 심리를 짐작하여 때려 맞추는 행위라고 보면 된다. 점쟁이들이 많이 사용하는 방식이다. 보통은 '어떻게 알았지?'라고 상대방이 생각하게 됨으로써 자신을 신기하게 쳐다보게 된다. 그런데 여기에는 몇 가지 걸려들 수밖에 없는 트릭이 숨어있다. 예화를 들어보자.

[예화]

"설마 집에서 어렸을 적 고양이 길렀던 건 아니지?"

"아마 집안에 몸이 편찮으신 분이 계신 거 같은데."

"최근에 심적으로 갑자기 불안하다거나 아니면 굉장히 인상 깊었던 일이 있었는지도."

"넌 자기 주관이 뚜렷하고 인상이 강하다는 말을 듣지만 사실은 외로움을 많이 타는 사람이야."

이런 말들을 자세히 생각해 보면 누구나 겪었을 법한 일들이거나 상대가 무슨 대답을 하든지 은근슬쩍 빠져나가기 쉬운 말들임을 생각해 볼 수 있다. 사람들은 일반적으로 자기 자신의 이야기를 들어 주고, 대화의 주제가 자기 자신이 되는 경우, 그 대화에 집중하게 된다. 그리고 그 이야기에 점점 몰입하게 된다. 때로는 자신의 이야기를 들어 주거나 공감해 주는 것만으로도 위안이 되기 때문이다. 만약 상대가 그 점을 깊이 파고든다면 대개의 사람들은 경계를 쉽게 해제하게 된다. 그리고 강한 확신에 찬 어조로 이야기하면서, 운 좋게도 맞아떨어진다면 상대는 나를 더 신뢰하게 되는 효과가 있는데, 콜드리딩은 바로 이런 점을 노린다. 마음을 연 상대에게 작은 제안을 하고 그 다음 자신이 목적으로 하는 좀 더 큰 제안을 하게 된다면 상대가 그 제안을 받아들일 확률은 더 크기 때문이다.

다음으로 스토리텔링이란, 상대방에게 어필할 수 있도록 자신의 경험담이나 기타 이야기를 감정을 자극하려는 의도로 말하는 행위를 뜻한다. 기쁨과 슬픔, 분노와 환희, 설렘과 떨림 등의 여러 가지 감정들을 이야기로 풀어서 상대에게 전달하고, 그 이야기로 하여금 내가 원하는 감정을 느끼도록 유도하는 것이 스토리텔링의 목적이다. 스토리텔링이 효과가 있는 이유는 상대와 나 사이 어떤 감정선에 대한 일치를 통해 자신을 신뢰하게 하거나 의지하도록 하는 것에 있다고 본다.

생각해 보면 별로 특별할 게 없다. 일상에서 자주 사용되는 예로 기업의 마케팅에 사용하는 경우도 있고, 입사 지원서에 자신의 경험담 작성이나, TV의 드라마를 예로 들 수 있다. 일상 대화를 할 때에도 뭔가 기승전결이 존재하고, 짜임새 있게 대화를 구성하다 보면 보다 재미있고 상대방에게 기억에 남는 말을 할 수가 있는데, 픽업에서는 이를 상대방의 정서를 환기시키면서 자신의 목적을 달성하려는 것이 주된 목적이라는 차이가 있다. 예화를 살펴보자.

[예화]

어렸을 때 기억이 떠올라. 루비라는 개를 기른 적이 있어. 짙은 갈색의 짧은 털 사이로 까만 얼룩이 보이는 사냥개였지. 포인터라는 종이었어. 할아버지께서 어느 날 할머니랑 장을 보러 가셨다가 개장수를 본 거야. 그때 비쩍 말라서 거의 다 죽어가는 강아지가 있었는데, 그걸 데려다 집에서 키웠지. 할머니와 할아버지가 곰탕국물을 먹여가며 정성스레 간호한 덕분에 그 녀석은 다시 건강을 회복할 수 있었어.

할아버지는 명사수셨는데, 루비를 늘 사냥에 데려갔어. 근데 개가 얼마나 영리한지 총으로 꿩을 쏘고 나면 꿩이 떨어진 바로 그 자리로 잽싸게 달려가서 꿩을 물어다 오는 거야. 근데 서툰 사냥개들은 사냥감을 물어뜯거나, 훼손시켜버리는데 루비는 목을 살짝만 물어서 사냥감이 상하지 않게 돌아 오는 거야. 생각해 보면 루비 덕분에 어렸을 때 꿩은 수십 마리 먹었던 거 같아.

근데 할아버지가 점점 나이가 드시고 총을 내려놓으시면서 루비도 그냥 집 지키는 개가 되어버렸어. 그리고 루비가 늙는 만큼 내 몸집도 점점 커지고 중학생이 됐지. 집에 돌아오면 루비 집에 살금살금 가서 루비 얼굴을 어루만졌던 게 기억나. 코 윗부분이랑 눈 사이를 만져 주면 좋아라 했었어. 아직도 선하게 반짝이던 그 파란 눈동자를 잊지 못해.

근데 어느 날이었어. 학교 갔다 돌아오는데 루비가 쓰러져 있는 거야. 입에 거품을 물고 죽어있었어. 루비를 포대에 담아서 묻어 주려 하는데 할아버지가 "루비 너도 이제 가는구나" 하고 우시던 게 기억나. 그때 문득 그런 생각이 들었지. 개는 영혼이 있을까. 죽어서 루비를 다시 만날 수 있을까 하고. 너는 행복했을까. 더 많이 아껴 주고, 더 많이 보듬어 주지 못했던 게 미안하다는 생각이었어.

루비 말고도 우리 집에서는 강아지들을 많이 길렀어. 그런데 개들이 죽고 묻어줬던 걸 떠올리면 지금은 강아지를 키우고 싶어도 못 키우겠더라. 일 때문에 바빠서 잘 못 챙겨 주고 혼자 외롭게 주인이 오기만을 기다릴 걸 생각하면 말야. 그리고 다시 개네들이 죽을 걸 생각하면 동물 키우는 거 쉽게 생각 못하겠더라. 그냥 길거리에서 강아지들 지나가면 가끔씩 쓰담쓰담 해 주는 걸로 만족하고 있어. 너도 혹시 강아지 키워본 적 있어?

스토리텔링이 주는 장점은 평범한 이야기라도 드라마틱하게 구성하면서 상대방의 감성을 자극하는 것에 있다. 이는 이야기의 몰입감을 높여 줄 뿐만 아니라, 상대방이 내가 어떤 사람이라는 것을 이해할 수 있게 하는 동시에 이 자체가 대화를 이어나갈 수 있는 연결고리가 된다. 이렇게 대화를 하게 되면, 보통은 그 사람이 이야기한 바를 그대로 믿거나, 대화에서 전달되는 이야기를 통해 특정 감정이 형성되는데, 이때 그의 이야기와 그 사람을 동일하게 여기게 된다.

'이 사람은 열심히 사는 사람이구나', '이 사람은 여리지만 순수한 감성을 가지고 있구나', '이 사람은 모험을 즐기고 정열적인 사람이구나' 하고 그 사람을 판단하게 되는 것이다. 콜드리딩과 스토리텔링 외에도 픽업인들이 자주 사용하는 방법은 심리테스트와 손금 등이 있는데 이는 인터넷을 검색하여 참고할 수 있고 목적은 동일하다.

3. 시덕션(Seduction)

어트렉션과 컴포트의 최종 귀결은 시덕션에 있다. 시덕션은 이성과 잠자리까지 가는 과정을 말한다. 시덕션의 대강은 상대방에게 성적인 상상을 하게 만드는 것에 있다. 그래서 잠자리를 상상하게 하는 단어들을 대화에 삽입하거나, 유도 질문들을 하게 된다.

예를 들면, "크고 굵직한 무언가가 따뜻하게 내 몸을 감싸는 느낌이 들어"라는 말을 대화에 삽입한다고 해 보자. 이는 남성의 성기를 상상함으로써 자연스럽게 섹스를 연상케 한다. 또 다음과 같은 표현들도 똑같은 효과를 가져온다. "축축하게 젖어있는 눈동자를 보니까 빠져들 것 같애. 어딘지 모르게 뜨거워지면서 호흡이 가빠져. 마치 롤러코스터를 타는 느낌이야. 하늘 끝까지 올라갔다가 빠르게 땅으로 떨어지는 느낌이랄까." 이 역시도 특정 형용사나 표현을 이용해 상대방에게 점점 섹스에 대한 느낌을 고조토록 한다.

픽업인들은 이 과정에 NLP(Neuro Linguistic Programming)라 불리는

기법을 사용하기도 한다. NLP에 대한 오프라인과 온라인 강의를 수강한 적이 있는데, 내가 볼 때 NLP의 핵심은 인간의 오감을 자극하는 표현들을 활용한 자신과 상대의 심리유도에 있다고 본다. 사람에 따라 청각적 표현에 반응하는 사람, 시각적 표현에 반응하는 사람, 신체 느낌과 관련한 표현에 반응하는 사람 등으로 나뉘는데 대화 중 상대방이 사용하는 표현을 관찰한 뒤 상대방이 자주 사용하는 언어표현으로 말함으로써 공감을 유도하는 방식이다.

이런 일련의 과정들을 거치면서 술을 마시면서 서로 분위기를 돋군다. 그리고는 천천히 스킨십의 진도를 밟아나가면서 모텔이나 자신만의 공간으로 향하여 밀애를 나누는 것을 끝으로 단계를 마친다. 스킨십의 방법으로 키노(Kino Technique)라고 불리는 방법이 있다. 가벼운 터치에서 시작해서 상대방이 쉽게 의식하지 못한 부분으로 점점 스킨십을 하면서 키스와 같은 더 자극적인 행위로 점점 강도를 높여가는 것이다. 일반인들의 생각으로는 이런 단계들이 굉장히 오랜 시간이 걸릴 것 같지만 짧으면 하루, 아니 몇 시간 만에도 이루어지는 경우도 있다.

멘트는 늘 준비되어 있다

픽업인들은 오프너(Opener)라고 하는 것을 늘 준비하고 있다. 특정 상황이나 단계에서 사용하는 준비된 멘트를 말한다. 오프너는 주로 여성에게 다가갈 때 사용하는 멘트를 말하고, 이와 비슷하지만 약간은 다른 캔드머티리얼(Canned Material)이라고 하는 것이 있다. 캔드머티리얼은 적재적소에서 항상 빼내 쓸 수 있는 작업멘트나 스토리를 말한다. 이런 것들이 있기 때문에 그들은 늘 유창하면서 당황하지 않고 작업 단계를 진행할 수 있다.

오프너에는 '만나고 싶다, 맘에 든다, 관심이 있다' 등의 표현으로 직접적으로 말을 건내는 직접오프너가 있는 반면, "강남역 11번 출구가 어디죠?"라며 길을 묻는다거나 "저기 혹시 아까 저 앞에서 싸우는 사람 보셨어요?" 하는 상황오프너, 아니면 "제가 오늘 친구랑 여기 놀러왔는데 술을 뭘 마셔야 될지 모르겠네요. 이거랑 저거

중에 어떤 게 더 나을 거 같나요?" 하는 의견오프너 등이 있다.

이런 준비된 멘트와 적절한 바디랭귀지, 접근 방식 등을 미리 습득한 픽업인과 조건이 동일하다는 전제하에 작업에 있어 일반인은 픽업인을 거의 이길 수 없다. 상식적으로 생각할 때도 미리 준비해 놓고 다음 단계를 대비하는 것이 유리하며, 전체적으로 밑그림이 그려져 있는 상태라면 그렇지 않은 사람보다 상황에 대한 대처 능력 또한 높다.

자신이 아는 것이 많고, 그것들이 머릿속에 정리되어 있을수록 각각이 사람을 상대할 때 대화를 이어나갈 수 있는 유용한 도구가 된다. 대화 소재들이 많으면 많을수록 다양한 사람들을 상대하더라도 무언가 준비되어 있다는 마음에 안심하고 상황에 주눅들지 않게 된다. 반대로 상대가 자신을 볼 때도 '이 사람 뭔가 아는 것이 많다', '대화가 통한다', '즐겁다' 하고 느낄 수 있는데, 이 경우 앞서 언급한 IOI와 DHV가 동시에 상승하게 되어 작업 성공률이 높아지게 된다고 본다.

바쁜 척도 전략이다

픽업인은 바쁜 척을 하는 경향이 있다. 바빠서 만나지 못한다고 말하는 상황에서도 이들은 다른 여자를 만나고 있는 경우가 있다. 단계를 마치는 행위를 클로즈(Close)라고 하는데, 예를 들어 번호를 얻는 것을 샵클로즈(#-Close), 성관계를 했다면 에프클로즈(F-Close)라고 한다. 그리고 클로징한 여자들을 자신들의 리스트에 올리며 주로 HB 등급에 따라 메인(퍼스트), 세컨드, 서드 등으로 나눈다. 그리고 구분해 놓은 등급에 따라 만나는 시간대나 비중을 달리한다. 그렇지 않은 경우도 있지만 대부분 동시에 여러 여자를 만난다. 일종의 어장 관리인 셈이다.

메인의 경우 주기적으로 연락하고 안부를 물으며 정기적인 시간을 두어 만난다. 픽업인들도 메인에게는 어느 정도 마음을 열고 나름의 진심을 주고 되도록 이 사람과 헤어지길 원하지 않기 때문에 공을 들이는 편이다. 비중으로 따지면 '5(메인) : 3(세컨드) : 2(서드)' 정도다. 만약 작업을 하다가 더 높은 점수의 HB가 나타나면 세컨드와 서드를 교체하는 경우도 있다. 아니면 다른 HB에게 작업을 하다가 그쪽에 공을 들이면 만나던 여자들이 도중에 알아서 나가떨어지게 된다.

언제 누구를 만날지, 어떤 데이트 코스를 이용할지, 동선은 어떻게 해야 할지 등이 포트폴리오 형식으로 짜여져 있다. 하나의 고정된 패턴이 형성되면 습관처럼 그것이 당연하다고 여겨지는데, 그들을 만나는 여자들 입장에서도 '이 사람은 이런 사람이구나', '원래 바쁜 사람이구나', '이 날은 만나기 힘들겠구나' 하고 생각하기 쉽다. 자기들이 중요시하는 비중에 따라 상대를 만나거나 연락하는 횟수를 달리하게 되는데, 여자 쪽에서도 이런 패턴이 반복되면 어느 정도 익숙해지게 되는 것이다. 그래서 그들이 여러 명의 여자를 만나는 것이 그리 어렵지 않은 일이 된다. 감정 기복이 심하거나, 상대에 휘둘리거나, 어떤 면에서 자신을 컨트롤 할 수 없는 경우 픽업이 힘들어지게 된다. 픽업 초보자들이 주로 이런 모습을 보이지만, 노련한 고수들 중에서도 간혹 가다 자신이 맘에 드는 여자에게 빠지게 되는 경우 흔들릴 때가 있다. 말하자면 포트폴리오 자체가 하나의 심리적 안전장치로서 기능하는데 그 자체가 감정을 완벽히

통제하는 것은 아니라는 뜻이다.

관계별 구분 짓는 기준에도 일정한 패턴을 발견했는데, 메인의 경우, 단순히 HB가 높은 여자보다는 자신에게 헌신적이고 이해심이 많은 여자나 자기 이상형에 가까운 사람을 선택한다. 세컨드의 경우 다른 부분은 메인에 비해 아쉽지만 외모나 몸매가 더 낫거나 메인에게는 없는 다른 부분이 마음에 드는 경우가 있고, 마지막으로 서드는 언제 떠나가도 아쉽지 않은 편하게 만날 수 있는 여자를 택하는 경우가 많다. 메인에게는 다른 여자가 있는지 철저히 비밀로 하며, 세컨드와 서드는 종종 서로가 세컨드나 서드인지 알거나 상황에 따라 밝히는 경우가 있다. 아무리 여자를 많이 만나더라도 한꺼번에 3명 이상을 동시에 만나기는 어렵다.

픽업인이 바쁜 척을 하게 되는 이유는, 자신들이 쉽게 만날 수 없다는 인식을 주는 것 이외에도 본인들의 안정적인 포트폴리오를 위해서라도 시간이나 돈, 체력 등 자신의 자원의 낭비를 막아야 하기 때문에 별일이 없을 때에도 바쁜 척을 하게 될 때가 있다. 그러나 말은 바쁘다고 하지만 실재로는 쉴새 없이 휴대폰을 만지작거리며 곳곳에 연락을 돌리고 있을 수 있다. 그런데 이런 행태는 픽업인이 아니라 바람둥이라고 할 수 있는 일반 작업남들도 자주 사용하는데 이렇게 보면 정형화된 작업 매뉴얼과 픽업아티스트라는 상징적 이미지를 부여한다는 점을 제외하고 픽업인들이 기존의 여자를 많이 만나던 사람과 크게 다르지 않다는 생각이 든다.

휴대폰은 언제나 무겁게

픽업인들의 최대 무기는 휴대폰이다. 그곳에 자신들이 만났던 여자들과 작업을 진행 중인 여자들, 그리고 예비 작업 대상들이 저장되어 있기 때문에 휴대폰이야 말로 그들 생활의 필수품이다. 내가 픽업 활동을 하던 시기는 카카오톡 등의 SNS메신저와 어플들이 막 나오기 시작했을 때였다. 어플로 여자들을 보다 쉽고 편하게 만날 수 있었고, 카톡을 통해 상대의 상태를 보다 쉽게 파악하고 동시에 빠른 피드백을 받을 수 있게 되었다.

픽업판에서 한창 활동할 무렵, 내 휴대폰에는 거의 1,000명 가까운 사람들이 저장되어 있었다. 그중 70~80%가 모르는 여자의 번호였다. 언제든지 내가 원하면 여자를 만날 요량으로 저장해둔 번호들이었지만, 막상 내가 활동을 그만두고 시간이 지났을 무렵, 내가 먼저 연락을 하지 않은 이상 내게 연락 오는 여자는 정말로 단한 명도 없었다.

수많은 여자와 카톡 목록에 보이는 그녀들의 프로필 사진은 픽업인들에게는 일종의 전리품이자, 주위 사람들에게는 선망의 대상이다. 가끔 친한 사이끼리는 맘에 든다고 하면 번호를 넘겨 주거나, 자신은 안 되니 한 번 해 보라고 권해 보는 경우도 있다. 지금 당장 만날 순 없더라도 시간을 들여 지속적으로 연락 하다 보면 기회가 생기니 번호를 묵혀두는 경우도 많다.

픽업인들이 번호를 수집하는 가장 큰 이유가 있다. 한 여자에게만 연락할 경우, 문자가 씹히거나 연락이 더디게 오거나, 자신이 원하는 만큼 호감이 나오지 않으면 심리가 불안해지기 때문에 속된말로 멘탈이 털리는 것을 방지하기 위해서라도 그들은 일부러 여러 여자들에게 연락을 돌린다. 그렇게 되면 어차피 이 여자 아니더라도 다른 연락하는 여자들이 있기 때문에 심리적 부담을 덜게 된다고 느끼기 때문이다. 픽업인들이 여자들에게 어떻게 연락을 하는지는 다음 장에서 보다 자세히 살펴보기로 하자.

[에피소드]

지금은 사라진 어느 호텔의 클럽에서 회원들과 모임을 가진 적이 있었다. 모두들 들떠 있었다. 라운지에서 그들은 한창 자신을 치장했고, 이상하게 보이는 건 없는지 서로를 체크했다. 가끔씩 주고받는 농담으로 긴장된 분위기를 가라앉혔고, 이론 교육 후, 간단한 음주를 하면서 취기로 흥을 돋궜다.

나는 화이트 진에 검은색 셔츠와 페도라를 쓰고 얼굴에는 비비크림과 펜슬로 눈썹을 그리며 한껏 멋을 내보였다. 먼저 다른 회원들이 출발하고 나는 또 다른 일행과 함께 클럽 근처 포장마차로 향했다. 그날따라 왠지 기분이 울적했다. 그렇게 치장한 내 모습 또한 왠지 어색했고, 마음 속에 무언가 답답함이 남아 있었다. 클럽 입구에 들어가 주변을 둘러보니 다들 자기들 나름대로 픽업에 열중하고 있었다.

마음 한 구석 어딘가 불안함과 답답함이 있어서인지 그날따라 아무에게나 말을 걸고 싶지가 않았다. 술이 한 잔 들어가면서 괜히 센티해지기도 했고, 그렇게 멀끔하게 차려 입고서 아무와 어울리고 싶지는 않았다. '잠깐만, 그러고 보니까 내가 왜 아무 여자나 만나고 있어야 되지? 내가 그렇게 여자에 환장했나?' 이런 생각이 들었다. 중간중간 새로 참가한 회원들과 잘돼가냐며 인사를 나눈 뒤 우두커니 Bar 앞에 서서 멍하니 있었다. 그러다 우연히 한 여자를 보게 됐다.

키는 160 중반 가량, 긴 생머리에 살짝 마른 몸을 갖고 있었다. 복장을 보고도 놀다 보면 경험상 이 사람이 클럽에 작정하고 놀러 왔는지, 아니면 잠깐 기분 내러 왔는지 어느 정도 판가름이 되는데, 그 여자의 경우 두 번째에 속했다. 클럽에 놀러 왔다는 걸 광고하듯 야하게 입지도, 그렇다고 동네 마실 나오듯 마냥 편하게 입지도 않은, 차분하면서도 산뜻하게 옷을 입었다. 그날 클럽에서 봤던 여자 중에 가장 예뻤고, 어딘지 분위기 있어 보이는 게 맘에 들었다. 그리고는 이 여자에게 말을 걸어야겠다고 결심했다. 다른 사람은 보이지 않았고 거절당하면 그냥 클럽을 나오겠다는 심정으로 뚜벅뚜벅 다가가 말을 걸었다.

"저기요, 저 관심 있어서 그러는데 저랑 한 잔 해요."

오프너들은 많이 있지만, 나는 그냥 그때 그때 나오는 대로 말을 하는 편이었다. 그리고 직접적으로 말을 하는 게 편했다. 애써 멘트를 외워 말을 하는 건 인위적이라 느껴졌기 때문이었다."

"아, 저 그런데 제가 오늘 사촌오빠랑 같이 와서요. 오빠가 괜찮다고 하면요." 하고 옆의 남자를 쳐다 보며 그녀가 말했다. 나는 조금 오기가 생겼다.

"저 쪽이 오빠죠?" 하고 그에게 다가가 말했다.

"안녕하세요, 제가 동생분이 맘에 들어서요. 동생이랑 잠깐 이야기 좀 해도 될까요?" 했더니 그가 싱긋 웃으며 자리를 비켜 줬다.

"허락 받았으니 괜찮죠?" 한 뒤 대화를 시작했다. 생각보다 분위기도 좋았고, 그녀도 내가 싫지는 않은 듯했다. 간단히 대화를 나누고 연락처를 받고 헤어졌다. 나는 더 이상 클럽에 남아있을 이유가 없었다. 그 사람보다 더 낫다고 생각한 여자를 보지 못한 것도 있었고, 거기에 남아서 내가 다른 사람에게 말을 거는 모습을 그 여자에게 보여 주고 싶지 않았기 때문이기도 했다.

픽업 활동을 시작하고 난 후 오랜만의 두근거림이었다. 그리고 살짝 떨리기도 했다. 라운지에 돌아와서도 그 여자 생각뿐이었다. 그 여자랑 잘됐으면 좋겠다는 마음에 신기하게 그 동안 내가 알고 있던 픽업 지식들이 모두 기억나지 않으면서 머릿속이

하얘져버렸다.

'어떻게 말을 해야 하지?'
'날 싫어하면 어떻게 하지?'
'날 좋아해 주면 좋겠다.'

한참 뒤 용기를 내어 문자를 보냈다. "안녕? 잘 들어갔어?" 그리고 수 분 뒤 답장이 왔다. 답장이 왔다는 사실에 좋아서 심장이 쿵쿵 뛰기 시작했다. 친구 한 명이 내 모습을 보고 이렇게 말했다.

"왠지 애가 널 픽업에서 구원해 줄 것 같은 느낌이 들어. 정말 잘됐으면 좋겠다."

때마침 그녀가 라운지와 가까운 강남역 근처 오피스텔에 어머니와 잠시 살고 있어서, 사는 곳도 가깝겠다 그 근처에서 간단히 얼굴 보며 데이트를 하기로 했다. 데이트는 예상대로 즐거웠고 흐뭇했다. 해외에서 유학생활을 하다가 귀국했다는 것과 조만간 있을 미스코리아에 나갈 거라는 것도 들었다. 간단히 술한 잔하고 집앞에 바래다 주면서 그녀도 내가 그리 싫지 않음을 느낄 수 있었다.

라운지에 돌아와서 들뜬 마음을 주체할 수 없었다. 다음엔 어떻게 해야지. 뭐라고 할까. 어떻게 하면 잘 보일 수 있을까 계속 걱정이 됐다. 강사라는 신분도 잊어버리고 주변 동료들에게 "야, 문자를 어떻게 보내야 좋을까. 너라면 어떻게 하겠냐" 하며 물어보기도 했다. 그리고 내 평소 모습이 아닌 다른 사람이 조언해 준 방식대로 문자를 하기 시작했다. 아마도 연락이 점점 뜸해진 것은 그때부터였던 것 같다. 나는 뭔가 잘못되고 있음을 느끼고 점점 불안해지기 시작했다. 연락을 하면서 실수를 반복하기 시작했고 결국은 그녀와 다시 만나지 못했다. 심하게 낙심했다. 그 사건 이후로 슬럼프에 빠지게 되었고 왜 내가 정말 좋아하는 여자랑은 잘되지 못할까를 생각하며 점점 픽업에 대해서 다시 생각하게 되었다.

연락에도 방식이 있다

수강생 입장에서 가장 먼저 궁금해 할 법한 질문은 연락할 때 문자를 먼저 해야 할까 전화를 먼저 해야 할까일 것이다. 전화를 해도 상관없지만 초보자 입장이라면 문자를 먼저 하기를 권한다. 문자가 편하기 때문이기도 하지만 상대 입장에서 부담이 덜하기 때문이기도 하다. 그 이유 외에 내가 보낸 문자에 대한 반응을 토대로 판단을 내려 작업 방법을 달리하는 일종의 전략적 측면에서 문자를 선호하는 것도 있다.

이들의 전략 중 한 가지를 살펴보면, 문자에 대한 반응 속도와 내용의 길이, 내용에 대한 반응으로 상대를 짧은 여성, 중간 여성, 긴 여성 3가지로 분류하는 방식이 있다. 짧은 여성이란, 내가 보낸 문자에 대한 답장이 빠르고, 회신율이 좋은 여성을 말한다. 문자를 보면 대화를 이어나가려는 의지가 보이며 가끔씩 먼저 질문을 하기도 한다. 그리고 내가 보낸 시덥잖은 유머에도 쉽게 웃는 모습을 보인다. 보통은 연락처를 받기 전, 첫 만남에서 나에 대한 반응이 좋은 경우가 이에 속한다. 데이트 약속을 잡기도 생각보다 쉽다. 그리고 픽업인들도 이런 상대는 쉽다고 판단한다. 술을 마시자는 제안에도 비교적 쉽게 응한다고 보기 때문에 데이트 후에는 속전속결로 F-Close로 향하는 경우가 많다.

그에 비해 중간 여성은 답장이 아예 안 오는 것도 아니고, 그렇다고 잘 오는 것도 아닌 애매한 상대를 말한다. 문자를 잘 주고받다가도 어느 순간 내 톡을 읽지 않아 계속 1이 뜬다든가, 단답형으로 끝나는 경우가 있는 상황이 대표적이다. 이런 경우에는 성급한 약속을 잡지 않는다. 이럴 경우, 일종의 미끼성 멘트를 던지면서 상대가 물기를 기다린다. 간단한 예를 들면 "혹시 압구정 근처 어디에 있지 않았어요? 본 거 같은데." 하는 식으로 은근히 찔러보면서 상대의 반응을 기다린다. 그럴 때 "어떻게 알았어요? 나 봤어요?" 하면 운이 좋은 거고, "아닌데요, 잘못 보신 것 같은데요."라고 답이 온다면 "아닌데, 분명히 본 거 같은데. 그나저나 어떻게 지내요?" 하면서 대화를 시도해 본다. 말하자면, 상대가 어떻게 답이 오든 그 자체만으로 대화를 이어나갈 빌미가 되는 것이다. 이 단계에서는 지속적인 미끼를 던지고, 상대가 다시 짧은 여성화할 때까지를 노린다.

마지막으로 긴 여성이다. 이들은 대개 첫 만남에서 큰 임팩트를 주지 못했을 시에 발생한다고 보는데, 답장이 오는 주기가 매우 길고, 짧게는 하루 길게는 며칠 후에 답이 오는 경우도 있다. 심지어 아예 읽지 않는 경우도 있다. 대개는 포기한다. 굳이 연락을 하는 경우에는 중간 여성과 마찬가지긴 하지만, 좀 더 긴 주기를 갖고 상대가 나를 잊지 않고 기억할 정도로 연락을 시도한다. 그러면서 점차 연락 주기를 높이는 방법으로 극복하려 한다.

이렇게 상대의 반응을 보면서 중간에 통화를 시도하기도 하는데, 통화는 대개 15분 이상 하지 말 것을 권유한다. 이는 자칫 나에 대한 신비감이나 호기심을 저하시킬 우려가 있기 때문이다. 또한 상대의 현재 상황이나 직업, 연령대를 고려하여 연락하는 방식이 조금씩 다른데, 예를 들면, 20대 초 중반이나 학생의 경우 이모티콘이나 'ㅎㅎ', 'ㅋㅋ' 등의 문자를 끼워 넣는 등 조금은 가볍게 다가가는 한편, 직장인이나 20대 중 후반의 여자에게는 되도록 가볍게 보이지 않으면서 젠틀한 느낌으로 문자를 보낼 것을 권한다.

많은 여자들을 만나다 보면 그 이름을 일일이 기억하기 힘들다. 특정 장소나 상대에 대한 간단한 특징 등으로 기억하는 것이 훨씬 쉽기 때문에 그들의 연락처 저장 방식은 조금 독특하다. 예를 들면,

'강남27살 뒷태녀', '홍대22단발녀', 'NB/24/8.5' 식인데, '만난 장소/나이/신체 특징 or 외모 특징이나 점수" 등으로 저장한다고 볼 수 있다.

문자도 그냥은 안 보낸다

앞서 언급한 오프너(Opener)나 캔드머티리얼(Canned Material)처럼 상대를 직접 대면했을 때 사용하는 패턴형의 대화 방식은 휴대폰을 이용한 연락에도 비슷하게 적용된다. 어느 정도 경험이 있고, 자신만의 스타일이 있는 픽업인의 경우 자신이 자주 사용하는 멘트나 상대의 흥미를 돋굴 수 있는 사진들을 따로 저장하고 기록해둔다. 그리고 상황에 따라서 이것들을 적재적소에 사용한다.

[일상의 모습 어필]

"뭐해? 모처럼 오빠 혼자만의 시간 즐기는 중"

(동시에 책을 찍은 사진을 보냄)

"난 운동할 때가 가장 기분 좋더라"

(하면서 헬스장에서 잘 나온 사진을 보냄)

"조금 있을 프리젠테이션 준비!"

(정돈된 자료들이나 필기구 등을 찍은 사진을 보냄)

[데이트를 제안할 경우]

"얼마 전에 다녀온 괜찮은 곳. 나중에 너랑 같이 오고 싶어."

(잘 나온 현장의 사진을 보냄)

"이 집 요리 괜찮은 거 같애. 혼자 먹었는데 맘 아프다. 담엔 같이 가면 좋겠네."

(하고 찍은 요리 사진을 보냄)

"와인 좋아해?"

(와인 사진을 보내면서 대화를 유도)

[상대의 상태에 따른 접근]

"요즘 많이 우울하지, 그럴 땐 내가 조금은 힘이 됐음 좋겠어."

(보듬어 주거나 따뜻한 느낌이 나는 사진 전송)

"많이 아파? 이거 먹고 얼른 나아."
(하면서 약 상자나 약봉지 등의 사진 전송)

"기운 내. 이거 먹고 힘내."
(하면서 자양강장제나 비타민 사진 등을 전송)

개인에 따라 표현은 다르지만 방식은 비슷하다. 일반인들도 위와 같은 표현이나 방법을 사용하기도 하지만, 픽업인들은 이것이 대개 정형화되어 있고 미리 준비되어 있다는 점에서 차이를 보인다. 그리고 그 상황에서 어떻게 대처해야 할지 경험상 어느 정도 알고 있기 때문에 타이밍을 포착하는 능력이 일반인에 비해 뛰어나다고 할 수 있다.

이 외에 자주 사용하는 방법이 역할극이 있다. 이를테면 상대와 자신에게 특정 캐릭터를 부여하면서 대화를 이어나가는 방식이다. 예를 들어 자신을 "견우", 상대를 "직녀"라고 설정한다고 해 보자.

"오늘은 견우와 직녀가 만나는 날."
"오늘 만큼은 칠월 칠석."
"서로 떨어져 있었던 시간만큼 예쁘게 만나기."

이러면 재미도 있고, 서로가 역할극에 몰입해서 대화를 하다 보면 일반적으로 흘러가는 대화에 비해 신선하다고 느낄 수 있다. 이 방식을 응용한 또 다른 방법이 있는데, 상대를 어떤 특정 성격이 있는 사람으로 속성을 부여하는 경우다.

"피카피카, 뭐해?"

"ㅋㅋ 니가 왜 피카피칸데?"

"너 담배 잘 피자나. ㅋㅋ 담배 피카피카? 오늘도 담배 피우나?"

"어떻게 알았지? 지금 베란다에서 담배 피우는 중."

"역시 ㅋㅋ. 그럼 혼자 피우지 말고 같이 피카?"

"그러카? ㅋㅋ"

그들은 미끼를 던진다

픽업인들은 상대의 마음을 자신에게 향하게 하려는 목적으로 심리적 트릭을 사용한다. 그 대표적인 트릭이 있는데 속칭 '낚시이론'이라는 것이 있다. 그것은 베이트(Bait)—훅(Hook)—릴(Reel)—릴리즈(Release)로 구성된다. 이것의 목적은 자신에 대한 순응도를 테스트하는 데에 있다. 내 말을 잘 듣는지, 내가 원하는 대로 따라오는지를 확인하는 행위이다. 픽업에서 멘탈을 다룰 때 주요한 개념이 '프레임(Frame)'인데, 풀이하면 어떤 상황을 장악하고 그 상황을 컨트롤할 수 있는 마음가짐이나 사고 태도를 말한다. 쉽게 말해, 여자한테 휘둘리지 않고 내가 원하는 상황으로 이끄는 것을 말하는데, 이런 행위를 별도로 '프레임컨트롤(Frame Control)'이라고 한다. 낚시이론 등은 바로 이런 프레임컨트롤에 사용되는 방식으로서 내가 상대보다 심리적으로 우위에 있다는 것을 느끼게 하고, 그렇게 되도록 계속해서 상대를 자극하는 것이 핵심이다.

1. 베이트(Bait)

미끼를 던지는 것을 뜻한다. 여기서 말하는 미끼는, 상대가 자신에게 얼만큼 관심이 있는지 떠보고 확인하려는 멘트나 행동 등을 말한다. 성적인 접촉에 얼만큼 관대한지 신체접촉을 시도하거나, 자신의 직업이나 능력 따위에 얼만큼 관심 있는지 관련된 이야기를 하거나, 일부러 관심이 있는 척 칭찬하며 상대가 자신에게 적극적으로 반응하는지를 확인한다.

2. 훅(Hook)

간단히 말해 내가 던진 멘트에 상대방이 반응하는 것을 훅이라고 한다. 상대에게 "헤어핀이 잘 어울리시네요."라고 말했다고 하자, 그러면 그것에 상대는 어떻게든 반응을 하게 된다. 반응의 종류로는 수긍, 호응, 저항, 되묻기, 대화 이어나가기 등이 있다. 예를 들어, "고마워요. 그쪽도 스타일 좋으시네요."라고 했다면 훅이 성공했다고 본다.

3. 릴(Reel)

릴은 훅에 대한 보상을 말한다. 여기서 말하는 보상은 물질적인 보상이라기보다, 상대방의 행동에 대해 관심을 보이거나 인정하는 것에 더 가깝다. 혹은 비언어적 표현을 활용해서 수긍하거나 대화에 몰입하는 행위도 릴에 속한다고 할 수 있다. 앞선 예화를 통해 보자면, "아니에요. 그런 센스 가진 사람 찾기 힘들어요."라고 말한 다고 하자. 이 경우 상대방의 훅에 대한 릴이 이루어진 것이다.

4. 릴리즈(Release)

인정이나 칭찬, 보상을 하게 되면 상대 입장에서 부담스럽거나 불편함을 느끼게 되는 상황, 상대의 가치가 자신에 비해 올라간다 고 느껴질 수 있으므로 일부러 훅과 반대되는 멘트를 던진다. 의도 적으로 관심을 돌리거나 상대의 가치를 하락시키는 행위를 하는 것 이다. "그치만 아이템이 트렌드가 지나긴 했네요."

상대방이 자신에 대한 순응도를 테스트하는 전반적인 행위를 CT(Compliance Test)라고 한다. 이런 테스트 과정을 거치는 데에는 이 유가 있다. 내 행동에 대한 반응이 지속적으로 이루어지는지 체크 하고 반복하면서 점점 자신에게 익숙해지고 심리적 장벽을 허물게 하려는 것이 그 이유이다. 때로는 상대방에게 보상하고, 때로는 거 절하고 가치를 하락시키면서 상대의 심리상태를 불안정하게 하는 이런 행동은 내가 상대에 비해 보다 높은 가치에 있는 사람이라는 것을 인식시키면서 자신에게 종속되도록 하는 것에 목적이 있는 것 이다. 가벼운 밀당도 이에 속한다고 할 수 있다. 때로는 네거티브

(Negative)성 멘트로 상대를 거절하면서 내게 인정받게 만들거나, 가끔씩은 놀리기(Teasing)로 상대를 안달하게 하고 발끈하게 하면서 나를 쫓아오게 만든다.

만나는 곳은 정해져 있다

픽업인들이 여자를 만나는 곳은 다양하다. 그런데 여자를 만나는 몇 가지 정형화된 장소가 있다. 편의상 '구장'이라고 부르기도 한다. 그 구장들은 대개 장소에 따라 로드(헌팅), 클럽, 나이트, 술집, 어플 등으로 나뉜다. 혹은 시간별 구분으로 데이게임(Day Game)과 나이트게임(Night Game)으로 나뉘기도 한다.

데이게임(Day Game)에서는 주로 길거리의 헌팅이 주를 이룬다. 꼭 헌팅뿐만이 아니라 대개 낮에 이루어질 수 있는 픽업이 이에 포함된다. 사람이 많은 번화가의 여성이 주 대상이다. 혹은 카페에 앉아서 혼자 커피를 마시거나, 서점에서 조용히 책을 보고 있는 사람도 픽업의 대상이 될 수 있다.

"저기요, 잠시만요, 다름이 아니라" 등의 오프너를 날리기 전에

이들이 대상에게 접근할 때도 몇 가지 지침이 있다. 대상 선정에 있어서도 빠른 걸음으로 걷거나 어딘지 바빠 보이는 여자는 성공확률이 낮다고 보고, 주로 혼자 있는 여자나 주위를 두리번거리는 대상에게 접근을 시도한다. 접근 방식에서는 가방을 멘 쪽은 심리적으로 자신을 보호하려는 위치로 보고 그 반대편으로 접근하는 것이 성공 확률을 높인다고 본다. 심지어 대상에게 말을 걸 때도 내 쪽에서 먼저 개방적이고 어딘지 모르게 편하고 자연스러워 보이는 '오픈형 바디랭귀지'를 구사하면서 경계를 해제하려 한다. 그리고 연락처를 받는다.

클럽에서 만날 경우는 주로 동료 픽업인들이나 아는 사람들끼리 모임을 가지는 경우가 많다. n분의 1로 돈을 걷고 그걸로 테이블을 잡는 것이 일반적이지만, 경제력이 여의치 않은 20대 초 중반이나 혼자가 편한 사람들의 경우 테이블을 잡지 않고 입장료만 내고 픽업을 시도한다. 조각모임의 경우 나이대가 다를 수 있고, 오래 전부터 알고 신뢰를 쌓은 사이가 아닌 커뮤니티에서 만난 사이이기 때문에 서로 잘 모르는 경우가 있다. 보통 픽업을 위해 모인 인스턴트형 만남이 많다. 만약 여성이 그들이 모인 자리로 갈 경우, 그들끼리 서로 어딘가 모르게 거리감이 느껴진다거나 덜 친해 보이는 듯한 인상을 받을 수 있다.

테이블을 잡고 픽업을 하는 경우, 그들끼리 미리 입을 맞춰놓는 경우가 많다. 호칭을 정리한다거나, 직업을 나는 이렇게 너는 이렇게 하자는 식으로 정하기도 하고, 서로 어디서 만났냐고 물어보면 여기서 만난 걸로 하자는 식이다. 그리고 각자 역할을 부여하는데, 어떤 사람은 분위기나 개그 담당, 어떤 사람은 여자를 자리에 붙잡아 두는 역할, 또 다른 사람들은 스테이지나 다른 자리에서 여자를 데려오는 수급담당이 있다. 만약 모인 자리가 교육이 목적이라면 사전에 수강생들과 함께 클럽에서 어떻게 행동하고 말할지를 시뮬레이션하기도 한다.

술집에서 즉석 헌팅을 하면서 만나는 경우도 있는데, 술집은 주로 사람이 많이 모이거나 '헌팅술집'이라고 하여 공공연하게 작업이 허용이 되는 장소를 채택한다. 다가가는 방식은 일반적인 픽업루틴과 크게 차이가 없지만 굳이 말하자면 게임에 있다고 본다. 술자리에서 술을 마시며 하는 게임은 알코올로 인해 모르는 사람끼리 빠르게 친해지는 것처럼 느끼게 된다. 그리고 게임에도 단계가 있으며, 초반에 진행하는 게임이 있고, 중간, 마지막에 진행하는 게임이 있다. 게임에 따라 술을 마시는 빈도나 스킨십에 차이가 있다.

마지막으로 어플리케이션을 통해 만나는 경우가 있다. 예전에는 이성끼리 연결해 주는 만남 어플이나 채팅 어플이 몇 개 없었지만, 요즘은 많아진 듯하다. 어플이 주는 장점은 켜두고 심심할 때마다 눈에 보이는 사람에게 메시지를 건네거나, 선택을 하면 되기 때문에 시간이나 비용의 부담이 적다. 이 장소에서는 픽업인과 일반인의 차이점이 크게 느껴지지 않는 것 같다. 자신을 어필할 수 있는 것이 온라인상 프로필 정도이기 때문에 사진을 어떻게 찍고, 소개글을 어떻게 작성하느냐가 여기에서는 중요하다.

작업도 트레이닝이다

지금은 모르겠지만, 초기 픽업아티스트라는 개념이 국내에 들어오면서 여타의 연애컨설팅 업체와 가장 큰 차이가 '실전 훈련'이라고 생각한다. 어느 정도 이론을 교육하고 나면 그 후 일대일 혹은 그룹별로 실전 훈련을 나서게 된다. 이때 강사들이 먼저 여성에게 다가가는 것을 시범 보이며 수강생이 따라서 할 수 있게 하고, 수강생이 시도하고 나면 즉석에서 간단한 조언을 한다. 전반적으로 빠른 피드백을 보인다고 할 수 있다. 바로 이 점 때문에 초기 픽업에 대한 선호도가 높았다고 생각한다. 글과 이론으로만 정보를 습득한 정보보다 아무래도 옆에 다른 사람이 하는 모습을 직접 눈으로 확인하고, 자신이 그걸 따라 해 보면서 느낀 정보가 체득되기 쉽기 때문일 것이다.

일부 픽업강사들은 강의에 대한 열정을 보이며 관련 자료를 탐독하고, 정보를 수집하며 스스로 자신의 강의의 수준을 끌어올리려 하는 경우도 있다. 필요할 경우 해외 자료를 번역하기도 한다. 그리고 대담하게도 자신이 여성을 만난 경험담과 실제 픽업 후기를 커뮤니티에 노출하는 것도 마다하지 않는데, 이것은 회원들로 하여금 해당 강사에 대한 신뢰를 갖게 하면서도 픽업에 더욱 열광하게 만든다.

수강료는 적게는 몇 만 원에서 많게는 천 만 원을 호가하는 것도 있다. 강의 장소의 경우 세미나실을 대여하거나, 특정 장소에서 짧게는 며칠, 길게는 한 달 가량 합숙을 하는 경우도 있다. 경험이 있는 강사들은 자신들이 책을 내는 경우도 있는데 비용은 일반 서적에 비해 몇 배 가량 비싸다. 다만 내용은 해외에 있는 자료들과 크게 다르지 않거나, 일부 수정해서 자신의 경험담을 삽입하는 방식을 취하는 게 많다. 아니면 자신의 픽업경험사례를 모아 정리한 후 출간하는 경우다. 내용은 서적간 큰 차이는 보이지 않으며, 구할 수 있는 경로는 일반서점보다는 주로 자신들이 운영하는 사이트 내에서 판매한다.

[에피소드]

강사가 되기 전 처음으로 2박 3일 동안 픽업강의를 수강했을 때의 일이다. 나와 연배가 비슷해 보이는 이들이 강사로 활동하고 있었고, 그들은 신나게 자신들의 픽업지식을 설명하고 있었다. 한 두 시간에 걸친 이론 수업이 끝나고 이번에는 팀을 이루어 실전훈련에 들어간다는 강사의 설명이 있었다.

때는 밤 11시경, 크게 3팀으로 나누었고 각각 6~8명 되는 수강생들이 팀에 속했다. 각 팀에 한 명씩 강사가 붙었고, 팀에 따라 지역을 달리해서 헌팅을 하는 수업이었다. 장소는 강남, 신림, 건대로 나누었던 것 같다. 제한 시간은 2시간이었고, 2시간 동안 가장 많이 번호를 받은 팀이 이기는 방식이었다. 뭔가 두근거렸다. 막상 밖으로 나갈 때는 강사들이 몇 시간씩 떠들었던 이론들은 기억이 나지 않았다. 그땐 그냥 일단 해 보자고 생각했다.

내가 속한 팀은 신림 쪽으로 향했다. 강사는 자신이 먼저 지하철에서 말을 거는 모습을 보였다. 조용히 다가가 이래저래 말을 거는 모습이 보였다. 지하철에서도 헌팅을 하는구나 하며 신기해했다. 이윽고 신림에 도착했다. 나는 닥치는 대로 말을 걸기 시작했다. 내가 봤을 때 괜찮다고 생각하는 여자가 지나가면 그냥 가서 말을 걸었다. 이 사람에게 말을 건 후 또다시 주위를 두리번거리면서 다른 사람에게 말을 걸었다. 술집에서 둘이서 술 마시고 있는 일행에게 그냥 문을 열고 다가가 번호를 받기도 했다. 시간은 순식간에 지나갔다.

약속된 시간이 됐고, 모두들 라운지로 모여 카운트를 했다. 결과는 어땠을까? 나는 일반회원뿐 아니라 강사들보다도 높은 성공률을 보였다. 기억하기로 15번 시도에 14번인가 13번인가 성공했던 것 같다. 결과가 그렇다 보니, 그냥 다들 내가 왜 배우러 왔는지 의아해했다.

얼굴로 작업한다는 소리도 자주 들었는데, 정말 그런가 싶어서 안경에 감지 않은 머리, 겨털이 다 보이는 민소매 후드티와 7부 트레이닝복에 슬리퍼 차림으로 대낮에 무작정 말을 걸어본 적도 있었다. 일종의 실험이었다. 그럼에도 불구하고 연락처를 받을 수 있었다. 이와 비슷한 실험을 몇 차례 해 보고 느낀 것은 외모가 절대적인 영향을 끼치는 것은 아니라는 점이었다.

데이트코스? No, 데이트 포트폴리오

픽업인들의 강점은 데이트 상황에서 여실히 드러난다. 이들은 포트폴리오를 갖고 있다. 포트폴리오란 말하자면 상황별로 짜여진 데이트 코스를 말한다. 한 가지는 각 장소별 특징이 있는데, 상대방이 자신에게 주는 호감이 크지는 않지만 일단 자기가 마음에 드는 경우, 카페를 선택한다. 경계심이 높을 것 같다고 여겨지는 경우도 비슷하다. 카페에서는 주로 상대에 대한 탐색전에 들어감과 동시에 자신에 대한 어필을 하게 된다.

술집의 경우에는 연락하다가 여자가 자신에게 호감도가 높다고 느껴지거나, 속전속결로 끝내고 싶다고 느낄 경우에 술집을 가게 된다. 아니면 분위기 좋은 바(Bar)나 술집에서 만나 뭔가 있어 보이는 느낌을 심어 주면서 호감을 사려는 경우도 있다.

내가 겪고 관찰했던 것에 따르면, 내가 만나본 대개의 픽업인들은 HB가 높을 경우 비싼 음식점이나 술집에 데려갈 만하다고 생각하는데, 이에 비해 HB가 낮을 경우엔 되도록 저렴한 곳으로 데려가려고 하거나, 빠르게 작업하려고 하는 경향을 보인다. 즉 여자의 얼굴이 예쁘면 공을 들일만하다고 생각하고, 그렇지 않으면 빠르게 작업해서 스코어나 올려보자는 심산이다. 그리고 높은 HB를 적은 비용으로, 빠르게 작업하면 할수록 자신들의 픽업능력이 인정받는다고 본다. 그런데 경험상 이런 사람들이 같은 남성끼리 있을 때 호탕하게 돈을 내는 경우는 별로 본 적이 없다.

이들의 데이트에는 동선이 있기 때문에 만나는 장소도 되도록 자신이 아는 곳이나 단계를 밟아가기 편한 곳으로 만나도록 유도한다. 그것은 아무래도 다음 장소로 이동하기에도 편하고, 메뉴 선정이나 그 상황에서 꺼낼 수 있는 말도 쉽게 생각나기 때문도 있다.

고HB, 등급이 높은 여성의 경우 한 번에 성공하는 경우는 거의 없다. 쉽지 않다는 것을 알기에 자신들도 나름의 공을 들인다. 한두 번의 데이트로 작업을 끝내려고 하지는 않고, 최소 세 번 이상은 만나면서 중간중간 지속적으로 상대에게 연락을 시도한다.

모든 픽업인들이 상대에게 술을 먹이거나 술자리 작업을 선호하는 것은 아니다. 그렇지 않은 사람도 있다. 술을 못 마시는 사람도 있고, 술을 마신다는 것에 여자가 거부감을 느낄 수 있다는 점을 알기에 일부러 술보다는 식사나 카페 데이트를 하는 경우도 있다. 그리고 노련한 사람일수록 실제로 술을 마시지 않고도 작업에 성공하는 모습을 봤다.

이런 점을 볼 때, 여성의 입장에서 남자가 술을 마시고, 곧장 모텔로 간다고 해서 그 사람이 모두가 픽업인이라고 볼 수는 없으며, 반대로 커피만 마시고, 집에 그대로 돌려보낸다고 해서 그가 픽업인이 아니라고도 할 수 없다. 이런 식의 구분은 크게 의미는 없다.

그들이 지나간 자리

한 때 픽업에서 유행했던, 동시에 사회적으로 문제를 받는 계기가 된 것이 '인증샷'이다. 자신이 여자와 잤다는 증거로 여자의 몸이나 옷, 모텔방의 사진을 찍어 커뮤니티에 업로드를 하는 것이다. 이와 동시에 픽업 용어를 사용하고 공유하는 행동은 은어를 사용함과 같다. 이는 조직에 대한 자신들의 소속감을 고취시킴과 동시에, 여자를 유혹하는 행위가 하나의 예술적 행위라고 포장함으로써 그들의 행동에 대한 정당성을 획득하려고 한다.

그들의 그런 행태는 한 개인이 사회로부터 인정을 받고자 하는 열망과 다름 없다고 생각한다. 픽업인들은 대개 피해의식이 있다. 사실 여성에 대한 상처는 자신이 사회로부터 인정받지 못했다고 여기는 것과 같다. 그리고 그 상처를 승화시키려고 갖은 타이틀과 이미지를 덧씌워 보지만, 그 상처가 제대로 치유된 것은 아니다. 자기를 괴롭히는 것은 정작 자신이라는 생각을 하지 못한다. 상처 속에 숨어살면서 그게 폭로될까 두려워 멋진 옷으로 자신을 치장한다.

사회적으로 그리고 타인에게 인정받고자 하는 심리로 인해 그 것은 자신을 과시하거나 내세우고 싶어하는 행동으로 나타난다. 인증샷이나 각종 후기들도 이런 맥락에서 이해할 수 있다. 무언가 자신이 대단한 사람처럼 느껴지는 것이다. 알고 보면, 여자를 유혹하는 것이 픽업의 목적이라기 보다, 사회로부터 인정받고 싶은 열등감을 여성 유혹이라는 형태로 둔갑시킨 것이 픽업의 실체라고 할 수 있다.

커뮤니티 내 회원들은 누가 시키지 않더라도 자청해서 픽업인으로 귀화한다. 사회적으로 긍정적인 이미지를 주는 신분이 아님에도 불구하고 말이다. 왜 그럴까? 그것은 픽업아티스트라는 신분세탁을 통해 자신들의 상처를 잊어버리고 싶은 갈망으로 볼 수 있지 않을까. 그리고 갖가지 후기와 증거물들은 타인의 욕망을 자극함으로써 그들에게도 어서 동참하고 싶다는 생각이 들게 만든다. 그리고 또 여자와 만난 글을 올리면서 스스로를 확인 받고 "와 대단하시네요", "멋있네요", "오늘도 배우고 갑니다"며 서로 환호하고 호응한다. 이것이 일반인이 픽업인이 되는 실제 과정이다.

여자를 오래 만나는 기술

아닐 것 같지만 오래 만나는 경우도 있다. 또한 오랫동안 관계를 유지하는 방법을 강의하기도 한다. 여성과 장기적인 관계를 유지하는 행위를 'LTR(Long Term Relationship)'이라고 부른다. 내용은 주로 상대방이 나와 안정적인 관계라는 것을 믿도록 하는 것에 있다. 내용의 대강은 연락의 빈도나 연락을 걸 때와 끊을 때는 어떻게 하는지의 요령, 그리고 나에 대한 기억과 추억에 대한 향수를 기억하도록 멘트나 물건에 일종의 심리적 트릭을 거는 방식들이 있다.

픽업인들은 두 가지 부류가 있다. 주기적으로 슬럼프를 겪고 회의를 느끼며 또는 이내 다시 현장에 복귀하는 사람들과 그냥 여자를 작업하는 것이 하나의 취미생활인 사람들이다. 후자의 경우 마치 본인들이 지옥행 티켓을 끊은 것처럼 죄책감이나 죄의식을 느끼면서도 픽업을 한다. 그런데 심리적 갈등을 겪는 빈도는 후자보다는 오히려 전자가 잦다.

픽업에 회의를 느끼게 되는 순간이 있다. 그 순간을 표현하자면 연애를 잘하고 싶어 픽업을 배우기는 했는데, 점점 뭔가 자신의 본연의 삶과 괴리가 생기는 부분이 있음을 자각하게 된다. 마치 인생을 연극하며 사는 것처럼 느낀다. 여자를 만나면서 가끔씩 우월감이나 성취감을 느끼게 하기는 하지만 자기 자신의 공허함은 채워지지 않는다.

이것은 아마 연애나 인간관계에 대한 관념, 삶을 살아가는 태도에 대한 생각이 충분히 자리잡기 이전에 픽업을 대표하는 외부의 관념을 섣불리 받아들였기 때문일 것이다. 이는 필연적으로 자기 정체성에 혼란을 줄 수밖에 없다.

"나는 누구인가?", "나는 왜 이렇게 사는가?", "그럼에도 나는 왜 픽업을 끊을 수 없는가?" 한 번 고기 맛을 본 뒤에는 고기가 계속 생각나기 마련이다. 그리고 어느 새 중독되어 버린다. 끊으려고 해도 본인 의지로는 도저히 끊기가 힘들다. 후회하고 괴롭고 자기 자신이 싫고, 상대방에게 미안하면서도 다시 같은 행동을 반복한다.

이런 심리 상태에서 억지로 누군가와 장기적인 관계를 지속하는 것은 본인도 스트레스다. 어떤 경우는 "나는 픽업아티스트야. 이런 고뇌가 내게는 필연일 수도 있어. 어쩔 수 없지." 하면서 다소 비관적이거나 냉소적인 행태를 보이며 그 생활을 유지하기도 한다.

픽업인들이 여자를 오래 만날 수 있느냐는 질문에 대한 답은 '그렇다' 이다. 그러나 그 관계가 스스로가 편한 관계인지를 따진다면, 그것은 보장할 수 없다.

PART
04

호스트가
되다

●

호스트 입문

　자기 관찰의 시간을 가지면서 나는 내 인생의 전반적인 문제의 원인들을 알게 됐다. 하지만 알았다는 것만으로 현실의 내 모든 문제가 해결되지는 않았다. 픽업 세계를 떠난 이후에 시도했던 일들조차 잘 되지 않으면서 나는 심각한 좌절을 겪었다. 그리고 괴로웠던 상황 속에서 결단을 내리기 위해서 하고 있던 모든 일을 중단하기로 마음 먹었다.

　아무것도 하지 않는 나 자신이 불안했다. 그런 심리적 불안과 동시에 나는 나 자신을 더욱 시험하고 싶었다. 그래서 진짜 밑바닥을 경험해 보기로 결심했다. 내가 어디까지 갈 수 있는지 스스로를 테스트해 보기로 했다. 그래서 선택한 것이 호스트 세계였다. 그때가 2014년 8월 쯤이었다. 이 장에서는 그때 경험했던 일과 느낀 점들을 풀어보려 한다.

처음엔 무작정 인터넷의 공고를 뒤졌다. 여러 곳이 있었지만 최종적으로 두 군데를 선정한 다음 무작정 문자를 보냈다. 내가 보낸 문자는 간단했다.

"선수 필요하시면 연락 주세요."

그중 한 군데에서 연락이 왔고, 면접을 보게 되었다. 강남의 어느 한 가게였고, 새벽 1시쯤 마담을 만났다.

"내가 형이니까, 편하게 말 놓을게."

키는 크지 않지만 다소 강단 있어 보이는 인상의 남자였다. 간단한 질문과 대답 후에 일을 하게 되었고, 내가 맨 먼저 할 일은 가게에서 사용할 이름을 정하는 일이었다. 첫 날은 가게의 분위기만 살피고 있었다. 마담은 사장을 소개시켜줬다. 사장은 다소 젊어 보이는 남자였다.

"안녕하세요. 오늘부터 민규 형 밑에서 일하게 된 태연이라고 합니다. 잘 부탁드립니다."

제법 공손하면서 당차게 사장에게 첫 인사를 했다.

"잘 부탁은 무슨 인마. 니가 열심히 해야 내가 잘 봐 주는 거지."

사장은 다소 쌀쌀맞게 반응했다. 생각보다 일이 쉽지는 않을 것 같은 예감이 들었다.

대기실은 제법 큰 룸을 사용했다. 대규모 손님이 오지 않은 이상은 잘 사용하지 않는 곳이었다. 내가 그 가게에 있을 때 딱 한 번 그 룸에서 손님을 받았다. 그때 아줌마 12명 정도가 왔었던 것으로 기억한다. 초이스가 있기 전까지 모든 선수와 마담은 그곳에서 대기해야 했다.

처음 본 낯선 환경은 제법 나를 긴장하게 만들었고, 무슨 일이 펼쳐질까 두근거리기도 했다. 일단은 내가 그 전에 무슨 일을 했었는지, 어떤 사람이었는지는 철저히 비밀에 부치기로 했다. 그냥 나는 당분간은 태연으로서 살기로 했다.

"왜 이름이 태연이야?"
"아, 갑자기 소녀시대 생각이 나서요."

대기실에서 대기 중인 선수들을 처음 봤을 때 나는 속으로 탄성이 나왔다. 말끔하게 차려 입은 옷, 그리고 미용실에서 세팅한 머리들을 보고 확실히 선수는 선수구나 생각했다. 그렇지만 대기실은 생각보다 지루했다. 다들 휴대폰을 만지작거리거나 시시콜콜한 이야기나 하고 있었다. 방을 본다는 말은 손님에게 초이스된다는 것을 뜻한다. 그리고 '초이스'는 손님이 선수를 선택하는 행위를 말한다. 방을 보지 못하는 선수들의 경우, 아침이 될 때까지 대기실에서 하염없이 기다려야만 했는데, 그 수가 적지 않았다.

첫 손님은 무당

이틀째 되던 날이었다. 아직은 익숙하지 않은 상태로 조금은 경직된 느낌으로 가게를 나갔다. 대기실에서 다른 호스트들과 안면을 트고 있다가 초이스 호출이 들려왔다. 초이스는 대개 4명에서 6명이 한 조로 마담이 호스트를 대동하고 손님 방으로 입장하는데 출근하는 선수가 많은 경우, 한 번에 서너 개 조로 움직인다. 많게는 열 개조 이상이 될 때도 있다. 짧게 인사하고 잠시 나가있다가, 손님이 마음에 들 경우 손님 옆에 앉게 되는데 그 걸 '방 본다'라고 표현한다.

대기실에 있다가 초이스가 있다는 말이 들렸다. 방 앞에서 대기하고 있는데 거친 욕설과 기차 화통 삶아먹은 목소리로 마담과 선수들을 꾸짖는 여자의 목소리가 들렸다. 가게 단골이라는 여자였고, 직업은 무당이었다.

다들 방에 들어가기 싫어하는 눈치였는데 결국 내가 초이스됐다. 옆 손님의 담당 마담이 앉았고, 마담은 계속 손님의 호통을 들어야 했다. 꾸중 듣는 게 일처럼 느껴졌다. 난 어쨌든 손님은 손님이니까 상황에 최선을 다해 보자고 생각했다. 노래 한 곡조 하고 나서 사장을 옆에 앉혀두고 그녀는 나를 평가하기 시작했다.

"사장아, 요놈 참 물건이야. 내가 무당인 거 알지? 다른 말 말고 그냥 애 키워."

왜인지는 몰랐지만, 특유의 걸걸하고 날카로운 목소리로 손님이 말했다. 사장이 나를 관심 있게 보기 시작한 건 그때부터였다.

처음에는 직업과 나이, 외모 등으로 편견을 가질 뻔했지만, 나는 그 사람이 어떤 사람인지, 왜 여기에 왔는지 등이 궁금했다. 그래서 주로 그 사람이 하는 이야기를 듣는 데 시간을 보냈다. 중간 중간 다른 선수와 마담이 들락날락 했고, 술에 취해 잠을 청하다 아침 7시 정도 되어서야 손님은 가게 문을 나섰다.

화려함의 뒤편

선수가 여자를 만날 수 있는 기회는 많다. 그리고 손님이 선수를 초이스할 때도 일단은 마음에 들기 때문에 선수 입장에서는 개인적으로 만나기 쉽다. 손님이 밖에서 만나자고 조르는 경우도 있다. 그런데 일단 손님을 밖에서 만나기 시작하면 손님이 가게에서 돈을 쓰기는 아깝다. 손님과 어설프게 엮이게 되면 복잡해진다. 그런 상황들이 지속되다 보면 소문이 날 수도 있다. 바닥이 좁아서 주로 찾는 사람이 다시 오기 때문에 이미지상 좋지 않다.

초이스되는 경우는 손님이 나를 마음에 들어해서가 아닌 경우도 있다. 별 이유 없이 초이스하는 경우도 있고, 그중에 그나마 괜찮아서인 경우도 있고, 그냥 궁금해서인 경우도 있다. 그러다가 몇 마디 나눠보고 마담을 부르는 경우가 많다. 술을 더 내오라거나, 별다른 필요사항 없이 마담을 부를 경우는 거의 선수교체 상황이라고 보면 된다.

호스트의 일은 여자를 꼬시고 침대 위에서 뒹구는 것이 아니라, 손님의 입장에서 이 상황을 최대한 즐겁게 유지하고 지속적으로 나를 찾도록 하는 데 있다. 관건은 눈치와 센스, 그리고 버틸 수 있는 체력이다. 가게에 오는 손님은 자신이 갑이라고 생각하고 있고, 선수는 을이고, 당연히 그들의 비위를 맞춰야 된다고 생각한다. 그러려고 쓰는 돈이기 때문이다.

호스트는 그렇게 멋지지 않다. 오히려 비참한 경우가 많다. 같은 선수끼리도 잘못 엮이면 더러운 꼴을 볼 수도 있다. 손님에게 욕을 얻어 먹고도 웃어야 하고, 최대한 상대의 비위를 맞춰야 하는 것이 일상이다. 극단적으로 표현하면, 얼굴에 맥주를 끼얹어도 생긋 웃으면서 "아 왜 그래 누나" 할 수 있어야 한다. 그게 안 되면 지명(단골을 말한다)을 얻어서 지속적으로 자신을 찾도록 구워삶아야 하는데, 그런 기회를 얻기까지도 어느 정도 시간이 필요하다. 픽업이든 일반적인 데이트든 남녀가 어느 정도 평등한 입장이라면, 호스트와 손님의 경우는 반대다. 내가 을이고, 손님이 갑이다.

일을 잘 못하는 호스트들은 대개 일과 개인 감정을 혼동하는 경우가 많다. 호스트가 손님에게 빠지거나, 초이스가 잘 되지 않는다는 것에 대한 감정기복, 그리고 각종 유혹들에 휩쓸릴 경우 일도 제대로 되지 않을 뿐만 아니라, 그만두고서라도 이내 다시 호스트 세계를 기웃거리게 된다. 밤 세계를 보면 경기 상황을 어느 정도 예측할 수 있다는 말을 있다. 내 체감상 실제로 그랬다. 대부분의 호스트는 의외로 돈을 못 번다. 자기 입에 풀칠하기도 바쁘다. 그리고 오래 일하는 사람은 원래 그 일을 하던 사람이 대부분이고, 처음 온 사람들은 일주일은커녕 며칠 버티지 못하고 나가떨어지고 만다. 자기들이 생각했던 호스트의 이미지와는 다르기 때문이다. 혹시라도 호스트를 하겠다는 사람이 있다면 정신차리고 하던 일이나 열심히 하라고 말하겠다. 꿈 깨시라. 그곳에서 여자 만나다 마음만 다치고, 돈도 잔뜩 벌 것 같지만 드라이 값, 밥 값 벌기도 벅찬 게 현실이다.

내 경우, 돈을 벌겠다는 목적보다는 나를 시험하고 싶었다. 그렇기 때문에 악착같이 버텼다. 어떤 달은 차비 벌기에도 빠듯했다. 대기실에 붙박이 신세로 아침이 될 때까지 가만히 있어야 했던 적도 있다. 그렇지만 나는 최대한 일을 배우고, 상황을 파악하는 데 주력했다. 가게는 어떻게 돌아가는지, 주로 어떤 손님이 오는지, 일하는 선수들은 어떻게 일하고, 각자 어떤 성향을 보이는 지도 관찰했다. 결근하는 일은 거의 없었고, 어떤 달은 지각한 번 하지 않고 나 혼자 출근상을 받아 보너스를 받은 적도 있었다.

몇 번의 비참한 상황도 겪었고 괴로운 수모를 당하기도 했다. 그렇게 몇 개월이 지나면서 나는 일에 익숙해졌고, 제법 호스트다워졌다.

[에피소드]

호스트 가게, 통칭 호빠는 역할이 나뉜다. 가게 오너인 사장과 가게 현장을 담당하는 지배인 혹은 실장, 손님을 유치하는 마담, 직접 손님을 상대하는 호스트, 서빙과 각종 잡일을 담당하는 웨이터, 밖에서 전단을 돌리거나 말을 걸면서 현장에서 손님을 데려오는 PR팀이다. 가게마다 중복되어 있는 경우도 있지만 대동소이하다.

일에 적응해갈 무렵, PR팀으로 일하는 사람과 인사를 나눌 기회가 있었다. 알고 보니 픽업을 배운 사람이었다. 어느 어느 커뮤니티에서 활동했고, 거기서 배웠던 기술을 자기 딴에는 팁이라고 내게 알려 줬다. 나는 능청스럽게 모르는 척하고 그의 말을 들었다.

"'미러링(Mirroring)'이라는 기술이 있어요. 이거 한 번 사용해
보시면 좋아요"

"그게 뭐예요?"

"상대방 말이나 동작을 따라하는 건데 효과 좋아요. 저도 가끔
사용해요. 예를 들면, 누나 밥 먹었어? 뭐 먹었어? 아~ 고기 먹
었구나. 이때 상대방 말을 따라 하면서 리액션 해 주는 게 중요
해요."

나의 지난 이력들을 생각하며, 지긋이 웃었지만 티는 내지 않았
다.

선수들

호스트로 일하는 사람들은 사정이 다양하다. 그러나 두 가지로 나뉜다. 돈이 필요하거나 여자랑 만나고 싶거나. 내 경우가 좀 특이했는데 누가 너 여기 왜 왔냐고 물어보면, "살고 싶어서요."라고 말했다.

처음에 모든 걸 포기하고 이 정도면 알만큼 알았고 세상에 미련도 없다고 생각했을 때, 여자를 생각하니까 뭔가 살고 싶었다. 그럴바엔 여자가 있는 곳으로 가보자. 나를 끝까지 시험해 보자. 그런생각으로 그 바닥으로 들어섰다.

오래 일한 선수들은 거의 10년 되는 선수들도 있지만 이들은 나이가 차서 30대 초 중반 이후로는 마담으로 빠진다. 선수로 뛰다가방에서 손님을 상대하는 것이 적성에 맞지 않는다고 생각하고, 얼마 뒤 마담으로 전향하는 사람도 있다.

　강남의 선수들은 외모가 괜찮았다. 그렇다고 연예인급은 아니지만 일반인보다는 낫다. 물론, 어떤 경우에는 이 얼굴로 선수를 하나 싶은 적도 있었다. 성형을 한 사람들도 많다. 잘 나가는 선수가 아닌 이상, 옷은 주로 명품 짝퉁이나 깔끔해 보이는 옷을 선호한다. 외모에서 가장 많이 신경을 쓰는 부분은 헤어스타일이다. 오히려 옷보다 더 중요하다고 할 수 있다. 입는 옷들은 비슷해서 별 티가 나지 않지만, 머리를 하고 안 하고의 차이는 초이스에 있어 결정적이기 때문이다.

　대기실에서 조용하고 서로 말이 없던 선수들도 일단 방을 보게 되면 얘기는 달라진다. 전투태세에 돌입한다. 여기서 엄청난 눈치 싸움이 벌어진다. 말 한 마디에 따라서 캔슬(손님이 초이스를 번복하는 행위)당할 수 있기 때문이다. 안주며 술이며, 노래 선곡, 그리고 손님의 말 한 마디 한 마디까지 귀담아 듣는다. 그리고는 자기가 치고 들어갈 기회를 엿본다. 어설프게 대화에 끼어들었다가는 한 소리 들을 수 있고, 그 계기로 캔슬당할 수 있기 때문에 상황판단력이 중요한 능력이 된다. 노련한 선수들은 그 점이 뛰어나다.

그 다음으로 호스트에게 요구되는 능력은 멘탈 관리다. 상황에 쉽게 휘둘리고 위축되는 나약한 사람들은 선수에 어울리지 않는다. 선수들은 기본적으로 자존심이 세고, 프라이드가 강한 사람들이 많다. 자기들 딴에는 밖에서 한 가닥씩 했다고 생각하는 사람들이 많다. 그렇지만 그 자존심 때문에 화가 나고 괴로워하는 경우가 많다. 방을 볼 때 주로 하는 일은 손님의 비위를 맞추고, 술을 마시고 분위기를 돋구면서 테이블을 지속적으로 순환시키는 것이 일의 전부다. 그런데 그 안에서 손님이 별의별 모욕을 주거나 자신을 화가 나게 하는 경우가 많다. 그 순간 만큼은 상식이 통하지 않는다고 보면 된다. 그런데 그 상황을 보통 사람들은 참을 수 없다. 욕을 하고 얼굴에 술을 붓거나 병을 던지고 가끔씩 경찰을 부를 때도 있다. 그래서 그런 상황을 견디고 다시 일에 집중할 수 있는 멘탈 관리 능력이 요구된다.

진부한 말처럼 들리지만, 호스트의 세계는 냉혹하다. 밖에서 소개팅이나 미팅, 심지어는 헌팅에 외모로 거절당하는 것은 그 순간, 그 자리만 끝나면 되지만, 호스트는 그게 일이고 일상이다. 오로지 외모와 첫인상으로만 사람을 판단하는 상황이 매일매일 이어진다. 선택 받지 못한 사람은 대기실에서 혼자 핸드폰만 만지작거리며 아침을 맞이해야 한다. 그래서 다들 겉으론 친하고 호의적인 것처럼 보이지만 은근히 서로를 경계한다.

선수들을 관찰해 보면서 느낀 것은 선수마다 스타일이 다르다는 점이다. 초반에는 어리버리해서 일 배우기 바쁘지만, 시간이 지나고 조금씩 익숙해지면서 자신만의 손님 대하는 스타일이 드러난다. 본인 스타일이 없을 경우에는 이러지도 저러지도 못하다가 어느 순간 가게에서 보이지 않게 된다. 말하자면, 컨셉트가 분명해야 한다는 것이다.

선수들이라고 모두가 말을 잘하고 노래를 잘하고, 외모가 뛰어난 것은 아니다. 일단 잘생기면 좋지만, 그게 아니더라도 어떻게든 살 길은 있다. 얼굴이 특별히 잘생기지 않은 이상 도토리 키 재기다. 연예인 뺨치게 잘생겼다면 연예인을 하고 있지 왜 힘들게 호스트에 있겠나. 외모를 보면 잘생기긴 했는데 뭔가가 어중간하다는 걸 느낄 수 있다.

에이스는 의외로 잘생기지 않았다. 관찰한 바에 따르면 손님이 가장 선호하는 사람은 얼굴 믿고 묵언 수행하는 싸가지 밥맛이 아니라, 한 소리 들어도 방글방글 웃으면서 살갑게 다가올 줄 아는 오뚜기였다. 눈치 빠르게 술 채우고, 분위기 이상해질 때쯤 노래 한

곡 알아서 뽑고, 시키지 않아도 알아서 척척, 그러면서도 선을 지킬 줄 아는 선수가 에이스다. 손님 입장에서는 가게에 오다 보면 어차피 그 선수가 그 선수라 이왕이면 기분 좋게 술 마실 수 있는 파트너가 낫기 때문이다. 그러다 보면 지명되고, 그를 찾는 손님이 많으면 그 사람이 에이스다. 진부한 멘트, 작업 멘트는 통하지 않는다. 손님은 끊임없이 선수를 테스트하는데 그 상황에서 어줍잖은 수작은 바로 캔슬되기 쉽다.

손님들

아마 어떤 여자들이 호스트를 찾는지 궁금해 하는 사람들이 있을 수 있다. 평범한 직장인도 오고, 나이든 아줌마도 온다. 내가 방을 보진 않았지만 게이가 오는 경우도 있다. 외국인 여성의 방을 본 적도 있다. 그래도 주 손님은 같은 술집 종사자다. 아가씨라고 부른다. 어쨌든 생각보다 다양한 계층의 손님들이 많았다.

예전에는 호스트가 일하는 가게에도 등급이 비교적 뚜렷했고, 일하는 사람이나 손님들 수준도 달랐다고 하는데, 요즘에는 그 구분이 의미 없게 된 것 같다. 가게별 규모나 선수들의 외모가 크게 차이가 나지 않는다. 장사가 잘 되는 일부 업소를 제외하고는 가게들의 사정은 썩 좋지 않다고 본다. 또한 그런 곳들조차도 겉으로 보이는 것 이외에 보이지 않는 문제가 있을 수 있으므로 어느 가게가 잘 되고 못 된다고 보기는 힘들다.

손님들이 가게에서 한 번에 쓰는 금액은 평균적으로는 30~40만 원 선이지만, 술 한 병 시킬 때가 그 정도고 이 후에는 쓰기 나름이다. 그리고 한 번도 안 다닌 사람은 있어도 한 번만 가는 사람은 없다고 해도 될 정도로, 자주 다니다 보면 그만큼 쓰게 된다. 그래서 감당하지 못할 빚을 지는 경우도 있다. 그 경우에는 가게나 손님이나 피곤해진다. 보통은 두 세 명씩 오는 경우도 있지만, 의외로 혼자서 오는 경우도 있으며, 남녀가 함께 올 때도 있다. 많게는 단체로 오는 경우도 있다. 내가 본 방 중에 최대로 많이 왔던 경우가 10명 정도였다.

기본적으로 손님들이 가게에 놀러 오는 목적은 스트레스 해소다. 호기심에 찾아오거나 친구가 졸라서 엉겁결에 따라 오는 경우도 있지만, 밖에서 받은 스트레스를 술로, 또는 잘생기고 자기 비위를 맞춰 줄 줄 아는 선수들을 옆에 앉혀놓고 풀려는 경우가 대부분이다.

손님의 입장에서는 돈을 지불하고, 그 시간만큼은 호스트를 임대하는 것과 마찬가지라 여기기 때문에 할 수 있는 갑질은 최대한 하려고 하는 것 같다. 아무리 조용히 술 마시고 겉으로는 만만해 보일 것 같은 손님이라 할지라도 술이 어느 정도 들어가고 난 다음이

나 어느 정도 시간이 지나면 가끔씩은 불편한 상황이 연출된다. 투정이나 짜증을 부리고 화를 내고 이런저런 형태로 까다롭게 구는 것도 본인들의 스트레스 해소다. 그리고 그것을 잘 받아 주고 적절히 넘기는 것이 호스트의 역량이다. 그리고 손님들은 어쨌거나 그 상황에서는 공감을 해 주는 것 같고, 자기를 받아 주고, 뭔가 대우받는다고 느끼기 때문에 한 번 맛을 들인 사람은 계속해서 다시 찾을 수밖에 없다. 말하자면, 본인들의 비참한 현실과 상처를 호스트에게 전가시키는 행동으로 대리만족을 얻는 것이다.

[에피소드]

어느 날 새벽 3시경, 가게 단골이 놀러 온 적이 있었다. 주로 혼자 오는 편이었고, 어느 가게의 마담이라고 들은 것 같았다. 생각해 보니 가게에 온 지 얼마 되지 않아 그 손님 방에 들어갔다가 싸가지 없다는 이유로 캔슬된 적이 있었는데, 그 날은 다른 선수들과 동석하면서 방을 보게 되었다. 나중에 알고 보니 팁을 잘 주기는 하지만 한 번 들어가면 술도 많이 마셔야 하고, 일하는 시간도 길어서 기피하는 방이었다.

술을 한참 마시고 있다가 혼자 술에 잔뜩 취해서는 갑자기 웨이터를 불렀다. 그러더니 다짜고짜 방울토마토를 준비해 오라는 것이다. 가게에 있는 방울토마토를 있는 대로 긁어 모아도 양이 부족하다며 밖에서 따로 사와서 내놓았을 정도였다.

그 손님이 원하는 만큼의 방울토마토가 마련되자, 나를 포함한 방에 있는 두 세 명의 선수들에게 방울토마토를 꾸역꾸역 먹여 대기 시작했다. 하나를 먹고 나면 또 먹이고, 또 먹였다. 입에 꽉 들어차 뱉고 싶어도 계속 또 먹였다. 주위에서 왜 그러시냐 며 은근히 말려도 소용없었다. 그러면서 우리를 쓰윽 돌아보며 말했다.

"너네들 내가 왜 방울토마토 주는 줄 알아? 토마토에 농약 쳐져 있잖아. 농약 먹고 죽어버리라고!"

그런 짓궂은 장난에 시달리고 한참 뒤에야 일을 끝낼 수 있었 다. 가게 문을 나서고 시간을 확인해 봤다. 오후 2시였다.

에이스가 되다

추운 겨울이었다. 강남에서 일한 지 4개월 정도가 되는 무렵이었다. 그때쯤엔 이미 호스트 생활에 익숙해졌고 방을 들어가면 누구보다 열심히 일했던 것 같다. 미리 일찍 나와서 전날의 기록들을 보며, 누가 방을 많이 봤고, 매상은 어느 정도 됐을까 예측해 보기도 했다. 대기실에 모여 있을 때는 가끔씩 "넌 될 놈이다." 하는 소리를 종종 들었다. 특히 오래 일했던 고참들의 경우 나를 높이 평가했던 걸로 기억한다. 가게의 사장도 티는 많이 내지 않지만 나를 은근히 챙겼다.

하지만 그 가게에서의 생활은 만족스럽지 못했다. 더이상 매력을 느끼지 못했다. 그 손님이 그 손님이고, 하는 얘기는 똑같고 재미가 없었다. 때마침 가게 분위기도 어수선했고, 일상의 반복에 지겨워졌던 차, 나는 가게를 옮겨볼까 생각했다.

새롭게 가게를 옮긴 곳은 다른 지역이었다. 내가 있던 강남과는 분위기가 달랐다. 거기서 뭔가 내가 하고 싶은 대로 해 보고 싶었다. 전에는 뭔가 일을 배우는 심정이었다면 여기서는 나를 표현하고 분출하고 싶었던 마음이 컸다. 그리고 무엇보다 누군가에게 잘 보이려는 마음을 버렸다. 전의 가게보다 일하는 선수들도 많았고, 손님들도 좀 몰리는 편이었음에도 불구하고 초이스 시간이 되면 나는 어지간하면 선택되는 편이었다.

일한 지 2주일 정도 됐을 무렵, 지명을 얻게 되었다. 그런데 때마침 그 손님이 가게 VIP라 같이 일하던 선수들이 나를 경계하고 질투하기 시작했다. 손님은 늘 친한 언니와 같이 왔었고, 선수들을 여러 명 불러모아 앉혔다. 자기들은 술을 거의 마시지 않고 조용히 구경만 하는 정도였다. 안주도 갈비찜이나, 해산물전골, 칼국수, 회 등 푸짐했다. 그런데 일 자체는 힘들지는 않지만, 자리가 5, 6시간씩 길어지기 때문에 정신적으로 지쳤다.

어느 날이었다. 한 번은 무슨 기분 좋은 일이 있었는지 손님들이 술을 계속 시켰다. 노래를 부르고 게임을 하고 그렇게 정신 없는 시간이 지나고 나중에 술 병을 세어보니 50병 가량 되었다. 주변의 이야기를 들어보니 그런 일은 아마 역사상 없었을 거라고 했다. 그러면서 점점 나를 향한 주변의 질투나 부러움은 더 심해졌다.

몇 개월 정도 그런 시간이 지속됐을 무렵, 나는 호스트 생활을 이 정도면 겪을 만큼 겪었다고 느낀 시점이 있었다. 그리고 많이 지쳤다. 이제는 내 일을 하고 싶다는 욕심이 생겼고, 새로운 도전을 해 보고 싶었다. 또 그런 일을 하면서 받게 되는 보수는 뭔가 쉽게 써지는 경향이 있었다. 돈이 돈 같아 보이지 않을 때도 있었다. 더 이상 나는 일의 흥미를 느끼지 못했고 즐겁지가 않았다. 그리고 때마침 그만둘 기회가 생겨 나는 다시 평소의 나로 돌아가게 되었다.

PART
05

작업의
실체

속지 마라

약 10년에 가까운 시간 동안 여자들을 만나고 고민해 보고, 남들과는 조금 별난 경험들을 자청하면서 느낀 점이 있다. 작업은 없다는 것이다. 단지 사람과 사람의 마음이 교류할 뿐이다. 남자는 자신이 여자를 작업한다고 생각하지만 대개 본인들이 생각하는 작업이라는 것은 일시적인 이벤트에 불과하다는 것이다. 사람과 사람이 만나는 것을 하나의 선으로 봤을 때 누군가를 만나고 헤어짐은 중간 중간의 점들이다. 사귄다고 끝이 아니고, 육체적 관계를 가진다고 해서 그 사람이 내 것이 되는 것은 아니다. 삶은 연속성을 띤다.

내가 아닌 다른 누군가가 되려고 애쓰는 행동들과 불편한 옷을 입고 평생 살아야 하는 스트레스로 채워지는 일상은 우리의 삶을 굉장히 힘들게 만든다. 어떤 것이 멋져 보이고, 그것을 부러워하다 보면 현재의 자신이 비참해지기 마련이다. 비교는 끝이 없다. 더 나은 누군가가 항상 기다리고 있기 때문이다. 남과 비교해서만이 자신이 더 나은 것이라 생각한다면 그 유통기한은 자신보다 더 나은 누군가가 나타나기까지다. 그 비교 기준은 대개 눈에 보이는 것들이다.

무엇보다 절대적으로 자기 자신이 괜찮다는 사실을 받아들일 필요가 있다. 세상을 살아가면서 필요한 어떤 조건들은 차차 채워나가면 되지 않을까? 아직은 방법을 모르고, 때가 무르익지 않았을지도 모르는 일이다. 돌이켜보면 지난 내 시절도 나 스스로에 대한 불만족과 세상에 대한 열등감에 시달렸던 삶이고, 그 껍질을 벗어가는 과정이었다고 생각한다. 물론 껍질을 벗는 과정은 굉장히 아팠고, 때로는 죽고 싶은 적도 있었다.

우리는 서로에게 반응한다. 좋은 반응이든 나쁜 반응이든 어떠한 형태로든 반응이 돌아올 때, 살아있음을 느낀다. 그것은 감정이라는 형태로 마음속에 전달된다. 그리고 그런 감정들을 적절한 방식으로 표현하고 상대방과 반응할 때 그 사람과 가까워졌다고 느낀다. 감정이 지속적으로 순환되고, 그것들이 하나의 사이클이 되어 상대와 내가 만났을 때, 그 정도에 따라 친구가 되거나 애인이 된다. 그런 면에서 가족이 불편하고, 애인이 불편하고, 친구가 불편한 까닭은 상호간 반응이 중단되었기 때문으로 생각한다. 그리고 그런 사람들은 자기 자신도 불편해 한다. 자신과도 반응하지 못하는 셈이다.

그냥 입으로만 "나는 괜찮은 사람이야", "나는 멋져", "나는 흔들리지 않아" 하고 떠들어 봤자 자기최면에 불과하다. 현실은 정말로 내가 괜찮은 사람인지, 멋있는 사람인지가 중요하다. 내가 실제로 그렇게 믿고 있는지이다. 실제로 깨닫는 과정이 필요하고 동시에 환경 속에서 체험할 때 비로소 자존감이 완성된다. 그리고 그게 되지 않고 관계나 상황, 그 안에서의 반응들을 회피하려 하면 할수록 관계는 점점 불편해지고 경직되는 느낌을 갖게 된다.

정리하자면, 일반적인 상식에서 작업이란 감정을 몰입하려는 의도의 심리적 트릭이다. 상대의 마음에 들도록 불필요한 부분을 제거하고 어필할 수 있는 부분을 최대한 부각하는 일종의 이미지메이킹 혹은 마케팅이라고 할 수 있다. 그러나 그런 행동들이 나의 실제 모습인지, 내가 실제로 믿고 있는 부분인지, 아니면 내가 지속적으로 압박을 받으며 견디는 감정 노동은 아닌지 생각해 볼 일이다.

내가 맺는 관계가 사회적 인맥 형성의 연장에 불과하지는 않을까 생각해 볼 필요가 있다. 불편한 부분은 제외시키고 편한 부분만 보기로 하자는 암묵적 계약이나 불문율로 서로를 만나는 것 아닐까? 진실을 마주대하기가 불편한 것인지도 모른다.

진심 따위는 없다

예전에 픽업판에 있으면서, 그리고 그 이후 연애상담을 하면서 느낀 점이 있다. 대부분의 사람들은 상대가 자신의 진심을 알아주지 못한다고 하소연 한다. 그리고 그런 진심이라고 이름표 붙인 자신의 마음과 행동을 상대가 몰라줬기 때문에 상처를 받았다고 한다.

그런데 한번 생각해 보자. 어떤 행동을 했을 때, 그것은 당신의 진심이라기보다는 욕심이 아닐까? 왜 내가 상대를 좋아한다는 이유만으로 상대 역시 나를 좋아해야 하는가? 물론, 좋아해주면 고맙겠지만, 반드시 그래야 한다는 것은 아니다. 이것은 내가 진심을 담아 이 책을 쓰지만, 꼭 모든 사람이 이 책을 사거나 좋아할 필요는 없는 것과 같다. 이 책을 읽는 누군가는 불편할 것이다. 말하자면, 내 진심을 강요하는 것이때로는 이기심으로 포장된 욕심일 수 있다.

예를 들어, 마음에 드는 이성에게 카톡을 보냈는데 답장이 없으면 서운할 수 있다. 그렇지만 답장을 하지 않거나 읽지 않는 상대에게 뭐라고 할 수는 없다. 생각해 보면 그렇게 남을 탓하는 행동은 내 마음을 받아주지 않는 것에 대한 투정에 지나지 않음을 알 수 있다. 나이가 들어도 우리는 타인에게 어리광을 부리며 사는 것 같다. 그렇게 상대를 탓하는 예의는 서로를 존중하는 룰이 아니라 자신의 다친 마음을 감추는 데 이용하는 핑계적 수단이 된다.

실제로 자기는 별볼일 없으면서 못생긴 여자나 남자를 만나라고 하면 싫어하는 사람이 많다. 외모로 평가하는 세상이 싫다고 하면서, 자기도 은근히 그 룰을 지지하고 있다. 이게 현실이다. 내 경험상 상대는 못생긴 당신을 싫어하기보다, 못난 당신을 싫어한다. 못생겨도 자신감 있고, 자기 할일 열심히 하는 사람은 적어도 못나 보이지는 않는다. 그리고 그런 사람은 기회가 생긴다. 하지만 자꾸 신세한탄만 하는 사람은 아무리 잘생기고 예뻐도, 보기만 해도 답답하고 짜증나서 만나기 싫어진다. 그런 의미에서 우리는 잘생긴 사람이 아니라 잘난 사람이 될 필요가 있다.

자기보다 못났다고 생각하는 사람이든, 잘났다고 생각하는 사람과 비교하든 거기에서 느끼는 만족은 순간의 자기위로에 불과하다.

나는 그런 행동에 대해 자신의 심리적 불안을 일시적으로 해소하기는 하지만 결코 해결하지 못한 채 계속 찾게 되는 마약이라고 본다. 다른 사람의 비교를 통해 얻은 자기 위축도 어쩌면 그 위축된 심리적 환경 속에서 또 다른 안정감을 느끼려는 것일지 모른다. 그리고 "나는 이래. 어차피 나는 이런 사람이야" 하면서 자신의 존재를 확인하려 든다.

진심은 언젠가는 통한다고 말한다. 그러나 진짜 진심이라면 통할 것이라는 기대조차도 버리는 게 진짜 진심이다.

작업의 실체

작업의 성패는 인식에 달렸다. 내가 상대를 어떻게 해 보는 게 아니라, 상대가 나를 어떤 사람인지 인식하기까지의 과정이 유혹이다. 인식이라는 말을 쉽게 해석하자면, '이 사람(대상)은 이런 사람이구나'라고 생각하는 것이다. 그리고 이것은 전적으로 상대방에게 달려 있다. 이런 맥락에서 작업이란, 내가 이성을 유혹하는 행동이 아니라 대상에 의한 선택이라고 할 수 있다.

일반적으로 공유하는 의식 수준은 대개 비슷하다. 그래서 두루 먹히는 작업이 있다. 내가 괜찮은 사람이라는 것을 느끼게 만드는 것이다. 외모, 직업, 돈, 학벌, 겉으로 보이는 활달하거나 유쾌한 성격, 대인관계 등으로 판단한다. 대개 사회에서 가치를 두고 이쪽이 낫다고 쳐 주는 부분이 이처럼 겉으로 보이는 조건들이다. 전 지구적 세뇌라고 볼 수도 있다. 픽업도 그것에 자유로울 수 없다.

앞서 언급한 IOI나 DHV 등의 개념들을 생각해 볼 수 있다. 그 개념들은 상대로 하여금 지속적으로 내가 가치가 있는 사람이라고 인식시키는 과정들이다. 이것은 우리가 사회에서 공유하는 가치관, 세계관에서 비롯된 공감과 결핍을 이용하여 상대의 마음을 파고든다.

몇 년간 묵혔던 장롱면허에서 탈출해 새롭게 운전을 배우면서 느꼈다. 운전에도 자신감이 중요하구나! 일단 운전이라는 상황 자체에 겁을 먹으면 주변의 차들이 모두 무섭게 보인다. 자꾸 누군가가 클랙슨을 울려댈 것 같고, 차선 잘못 바꿔타다가 부딪칠 것 같고, 거리 조절 안 돼서 긁힐 것만 같다. 심리에도 관성이 있는 것 같은데 자꾸 무서워하고 안 좋은 생각을 하면 행동도 그렇게 되는 것 같다. 걱정이때론 리스크를 감소시키는 장점을 갖지만, 지나치게 되면 진도가 나가지 않는다. 그러므로 기본 사항만 숙지한 다음 일단 차를 몰아보는 행동이 필요하다. 그러다가 점점 괜찮아지면서 익숙해진다. 몇 번 긁힐 때도 있지만 차라리 대형 사고가 나는 것보다는 낫다. 주행은 혼자 하지만, 교통은 다른 사람이 포함된다. 나 혼자만 잘해서 되는 것도 아니고, 반대로 내가 조금 어설퍼도 다른 사람이 이해해 줄 때도 있다. 자신감 없이 우물쭈물 하는 것보다는, 일단 내가 정한 방향으로 틀거나 속도를 내더라도 상대가 그걸 보고 알아서 판단할 수 있다는 것이다.

이성을 만나는 것도 마찬가지라고 보는데, 일단은 자신감이 있어야 상대 입장에서도 쉽게 판단을 내릴 수 있다. 나의 행동이 어떻게든 상대의 반응을 이끌어낸다. 반대로 내가 자신감 없이 아무런 행동도 하지 않고 있다면 상대 역시 불안하다. 말하자면 행동력이 중요하다는 것을 말하고 싶다. 자신감이 있다면 고백이든 데이트 신청이든 무엇이든 하려는 경향이 있으므로 상대 입장에서는 이 사람을 파악하기 편하다. 그러면 심리적으로 덜 불안하다. 그런데 자신감이 없이 우물쭈물해 보이고, 기복이 심한 모습을 보이면 상대 입장에서도 불안하다.

튜닝의 끝은 순정

상대방과 진지하게 관계를 맺는 것을 내 주행의 목적지라고 본다면 데이트나 사귀는 것, 심지어 섹스조차도 중간에 거치는 경유지라고 할 수 있다. 말하자면 관계란 전체적인 내 드라이빙 과정이다. 그런데 무작정 차를 주행하다 보면 사고에 노출될 위험이 크다. 나는 아니겠지 하지만, 보장 못한다.

주행에도 규칙이 있다. 신호를 지키는 것은 물론이고, 속도 제한이라든가, 고속도로나 일반도로에서 주행하는 것도 다르다. 이것들은 사회에서 정한 룰이다. 이성과의 만남도 비슷하다. 옛날에는 보쌈 해가서 아내로 삼기도 했지만, 요즘 그랬다가는 성추행이나 강간으로 고소당한다.

관계에도 에티켓이라는 것이 있다. 그리고 만난 지 얼마 안 된 상황에서는 그것 때문에 이 사람을 더 만나느냐 마느냐를 생각할 수 있다. 그런 면에서 상대방에게 조금씩 신호를 주는 것이 필요하다. 그러지 않고 상대는 마음의 준비도 되지 않았는데 느닷없이 접근한다면 상대는 놀라거나 부담스럽고, 때론 화가 난다.

아래의 몇 가지 행동들은 절대적이지는 않으나 보통 상대방의 입장에서 불편하게 여겨질 수 있는 행동들이다.

- 대화 중 자기 말만 하거나 지나치게 수다스러움

- 매너 없게 굴거나 상대를 존중하지 않음

- 우물쭈물 거리며 뭘 해야 할지 모르는 우유부단함

- 상대에게 늘 책임이나 결정을 전가하는 소심함

- 목적지 없이 계속 맴돌며 상대를 지치게 하는 행동

- 계속 귀찮게 굴면서 짜증을 유발하는 모습

- 쉽게 삐치거나 서운해하면서 계속 꽁해 있음

- 자기 과시와 허세에 가득 찬 모습

- 늘 말이 바뀌고 입만 열면 거짓말에 신뢰주지 못하는 행동

- 비판과 냉소에 찌든 이죽거림

- 상대를 가르치고 바꾸려고 하는 모습

- 쉽게 주눅들거나 상대를 지나치게 어려워 함

마음이라는 엔진만 탄탄하다면 다른 것들은 자연스럽게 배울 수 있다. 무언가 당장 멋있게 보이고 싶을지도 모르고, 대단한 기술로 튜닝을 하고 싶겠지만 오히려 그것 때문에 관계에 문제가 생긴다.

마음의 엔진

본 책에서 하고 싶은 말을 한 줄로 정리하면 다음과 같다.

"열등감을 극복하고 자존감을 되찾아라!"

이것이 가능해지면 모든 관계에서 자유로울 수 있다. 그렇지 않은 관계는 늘 불안하다. 픽업을 하면서도 그것에 대해 계속 자신감을 갖지 못하게 되고 결국에는 그만두게 된다. 한편 그것을 배우지 않은 일반 사람들도 연애를 포함해서 모든 관계가 힘들어지는 이유가 자존감의 부재에 있다.

자존감을 가진 것과 자기애에 빠져 사는 것은 다르다. 자존감은 자신의 자아를 보호하거나 무조건 긍정하는 것이 아니다. 자아를 생각한다면 내 과거의 경험이나 생각을 거친 어떤 이미지가 덧씌워진 자아를 생각할 수 있다. 그런데 그 자아가 나를 배반할 수 있다. 자아라고 믿고 있던 것이 나를 배반하는 순간이다.

말하자면 자존감이란, 인간으로서 나의 가능성을 믿는 것에 가깝다. 순간순간의 상황에 영향을 받을 수는 있지만 이내 극복하고 현실을 극복해 나간다. 나의 부족한 점들까지 인정하고, 현재 내게 주어진 조건에서 어떻게든 해 보려고 노력한다. 자아가 강하면 상처를 회피하게 된다. 그러나 자존에 이르면 상처를 감수한다. 비슷해 보이더라도 큰 차이가 있다. 하나는 섞이지 못하지만 다른 하나는 서로 엮이고 교류할 수 있다.

코드 맞추기

어떤 사람들은 남들의 시선이나 주목을 끌려고 차를 타기도 하고, 어떤 사람은 남들이 타니까 나도 그 차를 사는 경우도 있다. 또 어떤 사람은 이것저것 따져보면서 최대한 합리적으로 구매하는 사람이 있다. 그리고 누구는 안전운전을 좋아하고, 누구는 재빠른 주행을 좋아한다. 어떤 차든, 또 어떻게 주행하든 그 사람의 선택이 반영되어 있고, 사고의 패턴이 존재한다.

만약 어떤 사람이 자신의 의지에 의해 내가 운전하는 차에 탔다고 하자. 그런데 그 탑승자가 나의 운전 행태나 내 차가 마음에 들지 않을 수 있다. 그럴 때는 어떻게 해야 할까? 그가 나의 차에 올라탄 것은 자기 스스로 선택한 일이고 또 자기 나름대로 충분한 이유가 있었을 것이다. 그렇다면 나의 운전 행태나 내 차에 대해서도 존중해야 한다. 나 또한 최대한 탑승자를 배려한 운전을 하려고 노력할 것이다. 그것이 상대에 대한 배려이기 때문이다. 그럼에도 불구하고 탑승자가 만족해하지 않거나 싫어할 경우 그 사람은 차에서 내릴 수밖에 없다.

사람마다 선호하는 스타일이나 성향이 다르다. 마찬가지로 나와 맞는 사람이 있고, 맞지 않는 사람이 있다. 그것을 구분할 필요가 있다. 그 구분을 제대로 하려면 먼저 자신에 대한 이해가 필요하다. 내가 어떤 사람인지, 어떤 것을 좋아하고 싫어하는지를 분명히 알아야 한다. 서로에게 억지로 맞추려고 할 경우, 그 관계는 대개 금이 가기 쉽다.

코드가 맞는다는 말은 가치관이 비슷하다는 뜻으로 이해할 수 있다. 상대와 나의 코드를 맞추려면 일단은 내가 110v인지 220v인지 아는 것이 중요하다. 그래야 코드를 끼워 넣을 수 있다. 코드가 맞지 않으면 전류는 통하지 않는 법이다.

자기 모습을 알면, 어떤 사람과 어울리고, 어떤 사람이 자기에게 맞는지 보다 쉽게 판단할 수 있다. 그리고 자기 자신의 성향에 대해 잘 알면 알수록, 상대방과 나와의 경계가 분명해진다. 그리고 거기에서 그 사람을 만날지 말지를 결정하게 된다. 포기할 줄 모르는 사람은 선택할 수도 없다.

영화 '색계'로 유명한 중국의 미녀 배우 탕웨이와 영화감독 김태용. 두 사람의 관계를 생각해 볼 수 있다. 탕웨이로 치면 A급 중의 A급이라 할 수 있는 배우인데, 어떻게 해서 평범해 보일 수 있는 김태용 감독과 결혼할 수 있었을까. 얼마 전, 한 TV프로그램을 통해서 나는 두 사람의 관계에 어느 정도 수긍할 수 있었다. 영화 촬영을 하면서 영화를 바라보는 시각이 비슷하고, 생각을 확인하는 과정에서 서로에게 끌렸기 때문인 것 같았다. 만약 외모나 능력만을 중요시하는 가치관으로 상대를 평가했다면 두 사람이 만날 수 있었을까? 다른 사람들이 보기엔 입이 벌어질 수도 있는 상황이지만, 사실은 그 두 사람은 만날 만하니까 만났다고 볼 수 있다.

끼리끼리, 유유상종이라는 말이 있다. 비슷한 사람끼리 어울리고, 비슷한 가치관이나 환경을 가진 사람끼리 만난다. 자신의 가치관을 다듬고 동시에 그 가치관을 존중하면서, 스스로 원하는 환경을 개척한다면 자연스럽게 자신이 원하는 사람을 만나게 될 것이다. 내 자기장 안에 반응해 나와 저절로 붙게 되는 자석처럼 말이다.

그런 의미에서 억지로 누군가를 만나기보다는 자연스러운 게 좋다고 본다. 또 동시에 억지로 누군가를 만나지 않을 이유도 없다. 미리 자신의 한계를 제한시킬 이유는 없다. 누군가와 사귀거나 만나는 것, 몸을 섞든 마음을 섞든 그 과정이 하나의 드라마라고 보면 어떨까?

구린내가 나는데

어쨌거나 우리는 세상을 살아가게 된다. 무인도에 동떨어져 살지 않은 이상 사람들과 섞여 살게 되고 그들과 관계를 맺는다. 이왕 맺을 관계라면 피하지 말고 부딪쳐 보는 게 좋다. 그리고 아니라고 생각되면 과감하게 만나지 않아도 보고. 어떻게든 선택하자는 얘기다.

보통 멘탈이라고 생각하면, 흔들리지 않는 마음, 강한 이미지를 연상하게 된다. 그렇지만 내가 생각하는 멘탈이란, 자유로운 마음에 가깝다고 볼 수 있다. 지나친 강함은 부러지기 쉽고, 경직되어 부자연스럽다. 약하면 또 어울리지 못한다.

그 동안의 내 삶을 돌이켜 보면 이것을 깨닫고 나 스스로를 시험해 보는 과정이었다고 생각한다. 자신감 있는 삶이란 주어진 상황을 회피하지 않고 어떻게든 맞부딪쳐보는 것을 말한다. 그런데 그 맞부딪치기까지 마음이 내키지 않거나 이후의 상황이 두려워진 다면, 기술이나 다른 꼼수 같은 것으로 회피해 보려고 한다. 하지만 그것은 결국 본질을 회피하고 변죽만 울리는 '눈 가리고 아웅' 하는 격이다. 즉 감정을 마주하는 것이 두렵기 때문일 것이다. 그렇게 우리는 자기 자신을 또다른 방식으로 세뇌시키거나 속이고 있는 건지지 모른다.

자신이 진실로 원하는 것을 찾기도 전에 다른 누군가가 좋다는 것을 나도 좋다고 미리 생각해버리거나, 직접 입어보지도 않고 다들 입고 유행하니까 나도 그 옷이 좋다고 믿어버리는 것일 수도 있다.

진실을 마주하는 과정은 괴로울 수 있으나, 나중에는 그 편이 훨씬 홀가분하다. 눈에 보이지 않게 묵은 똥을 마음 한 구석 숨겨두었더라도 똥 냄새는 나게 되어 있다. 별일 없다고? 아마 서로의 똥 냄새를 모른 척하기로 한 것일 수도 있으니 아직 안심하긴 이르다.

타인이 나를 결정하게 두지 마라

　사람은 끼리끼리 만난다고 했다. 괜찮은 사람과 쓰레기 같은 사람을 구분하지 못한다면? 그것은 자신 또한 아직 그 정도 인간에 불과한 셈이다. 병은 치료하면 된다. 그런데 그 병을 그대로 두고 곪아터져 고름냄새가 나는 상태로 사람을 만나니 문제가 안 생길 수 없다. 한 순간만 가지고 그 사람을 판단할 수는 없다. 그러니 지속적으로 부딪치며 확인해야 한다.

　그러나 우리에게 가장 소중한 자원은 시간이다. 괜찮은 사람만 만나도 시간이 부족한 판에 변변찮은 인간까지 만나면서 내 시간을 쓰는 것은 낭비다. 그러니 괜찮은 사람을 만나려거든 그렇지 않은 사람부터 걸러내는 것이 필요하다. 한 가지 생각해 볼 것은, 괜찮은 사람을 찾는 당신은 정말로 그 괜찮은 사람을 만나기에 괜찮은 사람이냐는 것이다.

괜찮은 인간이 무엇이냐는 것도 자신의 가치 판단에 달려 있다. 돈이나 명성, 사회적 지위, 직장, 학벌만으로 따질 것인가. 아니면 그것에 내면의 아름다움을 추가할 것인가. 우리가 눈으로 보기에 괜찮아 보이는 조건들은 대부분은 사회에서 인정해 주는 일종의 인간 필터링 장치다. 현실을 사는 우리는 그것에서 자유롭기 힘들다. 그럼에도 불구하고 사회에서 괜찮아 하는 것과, 진짜 자신이 괜찮아 하는 것의 구분이 먼저 필요하다. 그냥 무턱대고 사회에서 이런 사람이 괜찮다고 말하니까 그런 사람이 괜찮다며 좋아하는 것은 아닌지 생각해 볼 일이다.

인간이 원초적으로 추구하는 것은 무엇일까? 인간다움이 아닐까 생각한다. 인간다움이란 하나의 인간, 즉 존재 자체로서 내가 존중을 받고 있느냐이다. 사람은 누구나 자신이 관심 받기를 원하며, 세상이라는 무대에서 주목 받기를 원한다. 세상 안에서 자신의 존재를 확인하려는 의도를 엿볼 수 있다. 그러나 내 존재를 타인으로부터 인정받고 확인 받으려는 시도는 거의 언제나 나를 배반한다. 만약 여자로부터 인정받을 이유를 느끼지 않는다면, 상대가 나를 거절하더라도 괜찮다. 그녀가 내 존재를 결정할 수는 없기 때문이다.

여자는 원래 그렇다

여자들은 남자들에 비해 자신의 존재 확인에 더욱 민감하다고 생각한다. 그래서 남자보다 주변 관계를 더욱 의식하는 것으로 본다. 명품 백을 걸치거나 쇼핑을 선호하거나 화장을 하거나, 그런 행위들이 자신의 존재를 확인 받고 싶고 증명하고 싶은 행동으로 볼 수 있다. 욕할 일이 아니다. 자신의 존재를 끊임없이 확인하려는 행동은 반대로 자기 자신을 소중히 여기고 싶어하고, 마찬가지로 자신을 소중하게 생각하는 남자에게 끌린다는 것으로 해석할 수 있다.

이런 관점으로 보자면 여자들이 돈 많은 남자, 경제적으로 여유로워 보이는 남자에게 끌리는 것도 이해할 수 있다. 즐거운 데이트, 산뜻한 여행, 멋진 집, 행복한 결혼 생활을 꿈꾸면서 자신들의 존재가 보상받는 느낌이며, 소중해지는 느낌이 드는 것이다. 말하자면,

여성들에게는 대우받는 느낌이 중요하지 돈 자체가 중요한 것은 아니다. 그래서 돈을 쓴다고 그 돈이 똑같은 돈이 아닌 것이다. 단지 돈다발로 자신의 존재가 거래되는 느낌은 불쾌하다. 그 순간은 웃어 줄 수 있지만 뒤에 가서는 경멸하게 된다.

여자는 자신을 존중하는 남자에게 끌린다. 반대로 여자는 자신을 비참하게 만드는 남자를 용서하지 않는다. 여자를 만나는 데 자꾸 문제가 생기는 사람들은 바로 이런 사고에 대한 개념이 없다. 개념이 없어서 문제지 그 사람이 뭔가 크게 부족해서가 문제가 아니다. 이 개념을 센스라고 한다.

보통 여자가 남자에게 센스가 있다 혹은 없다고 말하는 것은 자신의 취향을 밝히려거나 알아줬으면 하는 마음도 있을 것이다. 하지만 좀 더 깊이 생각해본다면 자기도 생각 못했지만 자신을 소중히, 혹은 특별하게 생각해주었다고 여기는 마음이 '센스'라고 할 수 있다.

사실 자기가 뭘 원하는지 아는 사람은 많지 않다. 무언가 원하는 게 있다면 그것은 내가 진짜로 원하는 게 아니라 사회나 주변에서 요구하는 것일 수 있다고 생각한다. 그런 의미에서 사람은 특정한 무언가를 원한다기보다, 자신이 존중 받고 있다는 사실에 대한 확인을 원하는 것 같다.

껍데기부터 벗어 던져라

우리는 강한 사람에게 이끌린다. 어떻게 보면 돈이 많은 것도 강한 것이고, 얼굴이 잘생긴 것도 강한 것이고, 힘이 센 것도 강한 것이고, 계급이 나보다 높아도 강한 것이다. 그러나 강함의 질을 따졌을 때는 얘기가 달라진다.

진짜 강한 사람은 스스로 강한 사람이라고 생각한다. 다른 조건 때문에 강한 것은 그 조건을 뺏기고 나면 수트 벗겨진 아이언맨처럼 벌거숭이에 지나지 않다. 맨땅에 헤딩하고, 알몸으로도 강한 사람이 진짜 강한 사람이다. 오히려 그런 사람이 수트를 입었을 때 더 멋져 보인다.

대개의 인간은 야들야들한 속살을 두른 그 갑옷이 벗겨지길 두려워 한 나머지 그 갑옷이 벗겨지지 않도록 더 두껍고 단단한 갑옷을 두른다. 갑옷에 갑옷을 덧입히기도 한다. 그런데 맨몸으로 강한 자는 애초에 부서질 갑옷이 없기에 몸과 마음이 가볍다. 더이상 벗겨질 것이 없어서 부끄럽지도 않다. 순간의 쫄림, 떨림, 두려움, 압박 등은 있을지라도, 이내 그것들을 극복할 수 있게 된다.

자기 스스로 강해져 보자. 강한 사람은 상대의 갑옷에 구애받지 않을 수 있다. 인간 대 인간의 만남의 자리라면, 상대가 입은 갑옷 따위는 쳐주지 않으면 된다. 그 사람의 빈 알몸만 보면 된다. 그때 상대의 실체가 드러난다. 갑옷은 몸을 무겁게 한다. 오히려 그 갑옷 때문에 내 작은 힘으로도 무거워 넘어지게 된다. 상대가 두껍게 입으면 입을수록 내 몸은 상대적으로 가벼워진다.

어떻게 강해질 수 있을까

방법은 하나밖에 없다. 나 자신이 소중하다고 생각하는 것이다. 그러나 무턱대고 나 자신에 대해 긍정하지는 말자. 긍정과 인정에 대한 구분이 필요하다고 생각하는데, 긍정이란 어떤 기대나 바람으로 덧입힌 감정이라면 인정은 사심 없는 객관적인 관찰이라고 볼 수 있다. 이렇게 보면 나 자신을 소중하다고 생각하는 것은 현재 상황에 대해 인정하고, 그저 내 길을 묵묵히 가는 것이라고 할 수 있다.

순간순간 찾아드는 두려움이나 떨림 같은 마음의 기복은 어찌해 보려고 하지 말아보자. 그냥 그렇구나 하고 생각해버리면 그만이다. 세상을 바라보는 눈이 커지고 또렷해지며, 실제로 내 현실에 적용해가면서 체험해 보면 된다. 곧 괜찮아질 것이다.

그 점을 무시하고, 내 감정을 아무것도 아닌 것처럼 여기거나, 모른 척하거나 그 감정들을 애써 어찌해 보려고 할 때 우리는 더욱 괴로워질 수밖에 없다. 오히려 그 부분을 회피하기 때문에 문제가 발생한다. 언제 들킬까 노심초사하게 되거나, 죄책감과 강박을 느끼며 살아갈 수밖에 없다. 그리고 그 부분을 들키지 않으려는 다른 어떤 노력으로 스스로 지치게 된다.

픽업의 핵심은 자신의 가치를 상대방에 인식시키는 것에 있다. 그러나 바로 그 점이 픽업의 약점이 된다. 자신이 진짜로 가치가 있다고 느끼지 않고, 억지로 상대방에게 인식시키려는 행위는 포장 기술이다. 픽업의 대상이 타인에게 자신의 가치를 인정받으려는 자존감이 높은 사람이라면 픽업 기술은 무효가 된다. 그런 면을 눈치 채지 못하고 마냥 우리는 최고다, 우리는 픽업아티스트다 하면서 무리 짓는 행동은 자신의 열등감을 스스로 부여한 계급으로 무마시키려는 집단의 광기라고밖에 볼 수 없다.

만약 이 점을 모른 척하고 회피한다면, 당신의 만남은 약자의 변명과 자신의 두려운 마음을 감추려는 꼼수로 점철된다. 그리고 그 점이 들킬 때, '방귀 뀐 놈이 성낸다'고 상대방에게 화를 내거나 분노하게 된다. 혹은 당신의 그런 두렵고 불안한 마음을 달래 줄 상대를 찾게 된다. 그런 사람을 찾을 수 없으므로 만남을 회피하는 것도 있다.

그럼에도 불구하고 불편한 관계를 유지하는 까닭은 그 관계 안에서나마 자신의 심리적 위안을 찾으려 하기 때문일 것이다. 마치 젖 달라고 칭얼대는 아기처럼 어리광을 부린다. 나이가 들어서 몸뚱이는 커져가는데 안은 여전히 아이인 사람들에게는 혼자되기 두려운 마음이 있다. 아이는 보살핌을 필요로 한다. 그러나 언제까지 아이로만 살 수는 없다. 그리고 안타깝게도 아이인 채로 죽어가는 것이 우리가 지켜보는 대개의 삶이다.

내가 제시하는 만남은 어른 대 어른의 만남이다. 아이끼리의 만남은 쳐주지 않는다. 우뚝 선 인간 대 인간의 만남을 말한다. 그 판단의 기준은 자기 스스로에게 있다. 이 글을 쓰는 내가 판단 할 수도 없다. 판단을 당할 이유가 없고, 판단할 필요도 없다. 오히려 판단을 하건 말건, 그 시선에서 자유를 꿈꿔보자.

자존감이 높은 사람의 특징은 다음과 같다

● 자신의 선택을 존중한다

- 마찬가지로 타인의 선택도 존중한다

- 자신이 원하지 않는 것에 대해 거절할 줄 안다

- 자신이 원하는 것에 대해 요구할 줄 안다

- 타인의 평가와 시선에서 자유롭다

- 자신의 생각이나 감정 표현을 잘한다

- 때로는 과감하게 포기할 줄 안다

- 고정관념을 갖지 않고 유연한 사고를 지닌다

- 상대적으로 객관적인 시선을 가진다

- 자신에게 솔직하다

- 좋고 싫음이 분명하다

괜찮은 사람은 어디서 만날까

아무것도 하지 않고 입만 벌리고 있겠다는 건 당신의 욕심이다. 변변찮은 인간 만나서 시간을 쏟는 것은 '낭비'지만, 어떤 사람이 괜찮은 사람인지 판단하고, 만나는 과정 자체는 당신의 인생에 대한 '투자'다. 낭비와 투자를 구분하자.

무엇을 배우고 익히든, 일단은 시도해야 한다. 시작이 반이라는 말이 있다. 아무것도 하지 않는 사람은 무언가를 얻을 자격도 없다. 당신 안의 두려움이라는 장애물이 그 시작을 막는다. 그리고 갖은 핑계로 당신의 시도를 막는다.

괜찮은 사람이라고 해서 그 사람이 그럴싸한 공간에만 있는 것은 아니다. 정확히 말하면, 어디에 있을지 모른다는 게 정확한 설명이다. 그러니 일단은 주어진 상황에서 사람과 마주하는 것을 회피하지는 말 것을 권한다. 그런 다음 그 사람이 괜찮은 사람인지 아닌지 판단하는 과정이 필요할 것이다.

그러나 사람들은 대개 상황에 휩쓸린다. 예를 들어, 클럽에서 남녀가 만난다면 일단은 그 장소와 시간이라는 고정관념 때문에 서로를 가볍게 볼 수 있다. 남이 나를 그런 시선으로 쳐다보는 것 까지 막을 수 없다. 그러나 나만 아니면 된다. 만날 만한 사람이라면 즐겁게 만날 준비가 되어 있으면 된다. 아니면 말고. 두려울 건 없다.

그 상황이 어디든, 어떤 장소든 그 장소에서 내가 나답게 행동할 수 있다면 그 자체로 족할 것이다. 남을 두고 판단하는 것이 아니라, 내 기준으로 판단하는 것이다. 내가 좋아하고 싫어하는 것, 내가 가치 있게 생각하는 것에 무게를 둘 뿐이지, 상대가 어떻게 생각하고 말고는 중요하지 않다.

사실 괜찮은 사람이란 따로 존재하지 않는다. 각자가 괜찮다고 생각하는 사람이 있을 뿐이다. 오히려 괜찮다고 여기는 판단 기준이 부재할 때 상황에 이리저리 휘둘릴 수밖에 없다.

결과는 그냥 결과다

결과는 그냥 결과일 뿐이다. 이 말이 잘 와닿지 않을 수 있다. 내 입장에서 실패든 성공이든 그 것은 어떤 판단 기준에 따른 해석으로 본다. 결과가 있는 것이 아니라, 어떤 특정 판단 기준에 따라 결과의 해석이 달라질 뿐이다. 나는 '어떤 상황이든 내 인생의 자양분으로 삼는다'는 기준을 갖고 있다. 이렇게 보면, 내게는 결과로서 얻어지는 실패나 성공의 구분은 의미가 없다. 하나의 데이터에 지나지 않는다. 나는 내가 만족하는 결과가 나올 때까지 부단히 지속할 뿐이다.

좀 더 생각해 보면, 아예 결과를 의식하지 않는 편이 낫다. 실패를 억지로 성공으로 바꾸려 한다든가, 실패의 늪에 빠져 좌절하며 허우적대거나, 성공에 심취해 자만에 빠질 필요도 없다고 생각한다. 더 나은 결과를 만드는 방법에만 집중하는 것이 좋다고 생각한다.

이성이든 동성이든 대화를 할 때 말이 부자연스러워지는 것도 어떤 결과를 의식하는 경향 때문으로 본다. 그러면 무언가 그 사람이 자신감 없어 보이고, 어딘가 위축된 모습에 별다른 매력을 느끼지 못할 때가 있다. 애초에 떨어진 흥미를 되살리기는 힘들다. 새로운 사람이나 맘에 드는 사람에게 말을 걸지 못하는 것도 역시 결과를 의식하기 때문이다.

가벼운 스트레스는 도움이 되지만, 지나친 압박은 강박이 된다. 그런데 잘하려고 하지 말자, 과정에 충실하자고 해도 그게 잘 안 된다. 의식하지 말자고 말하면 이미 의식되는 상황이다. "그래도 좋아"라고 생각하는 게 더 낫다고 생각한다.

실패해도 좋아. 차라리 이렇게 생각해버리는 게 편하다. 실패하려고 시도한다. 그러니까 우리는 기꺼이 부딪쳐도 된다.